小谷野 敦

女遍歴

GS 幻冬舎新書 465

まえがき

私はこれまで、文学者の伝記を五冊ほど書いてきて、今も近松秋江(しゅうこう)伝の準備をしているところだ。

作家に限らず、伝記でいちばん面白いのは、異性関係である。もちろん、同性愛者であれば「同性関係」になったりするわけだが、世の中には、そういうことを調べたり書いたりすることを嫌う人というのがいる。最近の人物なら、遺族が嫌がるが、それ以外でも、下司だ、のぞき見趣味だ、と言うのである。

作家の場合は、その異性体験をもとに私小説を書いたり、短歌を詠んだりするから、そうなると「モデル問題」になる。長谷川泉編の『国文学解釈と鑑賞臨時増刊　現代作品の造型とモデル』(一九八四年十一月)という便利な本があるのだが、いわゆる「テクスト論」を奉じる日本近代文学の研究者である石原千秋などは、おそらくこの本をさして、何というくだらない研究だろうと思ったという。

石原は夏目漱石が専門で、漱石に関しては、かなりバカバカしい「恋人探し」が今日まで行われていて、そう感じるのも無理からぬものがある。だが、徳田秋聲のように、モデルについて調査しないと作品そのものが分からないような作家もいるし、その他近松秋江、谷崎潤一郎など、モデルについて調べるのも意義があり、かつ楽しい作家も大勢いる。

あるいは古手の学者でも、異性関係などに触れるのを嫌がる人はいて、これは儒教的・清教徒的、ないし近代の一夫一婦制的な思想から来ているのだろう。佐伯彰一などは異性関係について書くのが好きだったし、これはもう世代ではなく、当人の好みとしか言いようがない。

私はもちろん、のぞき趣味だ週刊誌だと言われたって、異性関係について読んだりするのが大好きである。本書では、近代日本の文学者たち六十人程度について、その異性関係（や同性関係）を記述する試みである。

なお年齢はいつも通り単純年齢（ことがらのあった年から生年を引いたもの）を用いる。満や数えの時はその旨記す。

美男美女が勢揃い！
文豪たちの若き日のグラビア集

※カッコ内は年齢

夏目漱石（29）
p.20

森 鷗外（留学生の頃）
p.25

坪内逍遥（32）
p.32

国木田独歩（25）
p.36

田山花袋（27）
p.40

徳田秋聲（？歳）
p.88

島崎藤村（25）
p.92

樋口一葉（23）
p.54

与謝野鉄幹（29）
p.48

泉 鏡花(?歳)
p.51

柳田国男(35)
p.96

近松秋江(25)
p.61

有島武郎(28)
p.44

永井荷風(28)
p.99

斎藤茂吉(34)
p.103

川田 順(?歳)
p.107

北原白秋(25)
p.58

谷崎潤一郎(35)
p.117

平塚らいてう(25)
p.123

折口信夫(?歳)
p.65

菊池 寛(31)
p.69

里見 弴(27)
p.126

和辻哲郎(?歳)
p.129

倉田百三(29)
p.72

久米正雄(27)
p.78

芥川龍之介(29)
p.82

広津和郎(?歳)
p.132

美男美女が勢揃い！ 文豪たちの若き日のグラビア集

※カッコ内は年齢

佐藤春夫(31)

p.135

宇野千代(35)

p.153

川端康成(31)

p.142

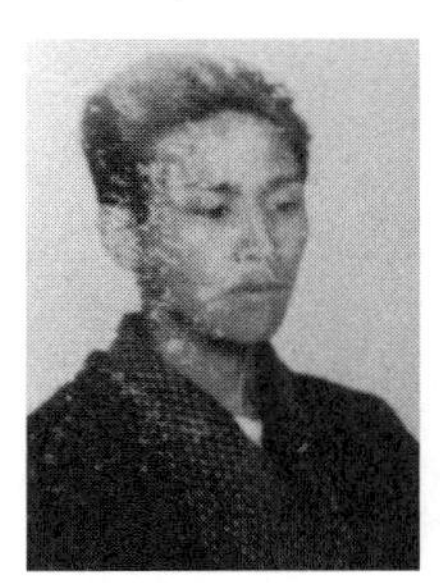

島田清次郎(?歳)

p.147

宮本百合子(19)

p.150

小林秀雄(33)

p.156

林 芙美子(27)

p.159

堀 辰雄(26)

p.163

伊藤 整(25)

p.167

中 勘助(20)
p.113

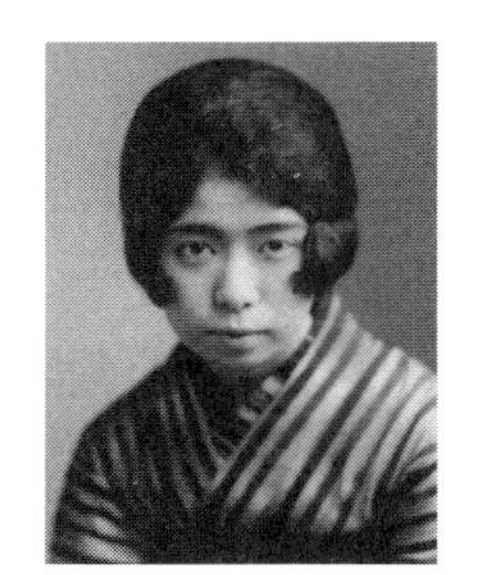

円地文子(23)
p.171

耕 治人(64)
p.176

高見 順(32)
p.179

太宰 治(31)
p.186

大岡昇平(26)
p.191

中里恒子(43)
p.196

檀 一雄(23)
p.200

織田作之助(?歳)
p.203

美男美女が勢揃い！ 文豪たちの若き日のグラビア集

※カッコ内は年齢

田中英光（27）
p.207

木下順二（42）
p.210

野間 宏（41）
p.213

島尾敏雄（45）
p.217

有馬頼義（37）
p.222

加藤周一（38）
p.226

豊田正子（？歳）
p.229

吉行淳之介（41）
p.232

安部公房（27）
p.238

美男美女が勢揃い！ 文豪たちの若き日のグラビア集

※カッコ内は年齢

三島由紀夫(31)
p.240

井上光晴(40)
p.244

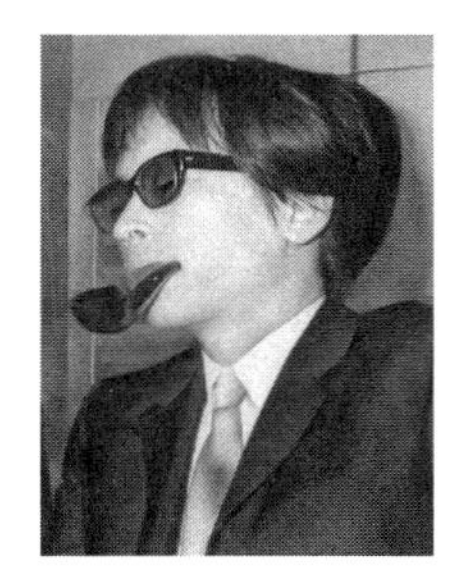

澁澤龍彦(41)
p.248

開高 健(28)
p.251

高橋和巳(?歳)
p.254

江藤 淳(34)
p.257

生島治郎(39)
p.259

池田満寿夫(45)
p.261

写真提供

日本近代文学館

坪内逍遥／森鷗外／夏目漱石／徳田秋聲／田山花袋／国木田独歩／与謝野鉄幹／樋口一葉／島崎藤村／近松秋江／柳田国男／泉鏡花／斎藤茂吉／永井荷風／有島武郎／谷崎潤一郎／北原白秋／菊池寛／折口信夫／平塚らいてう／倉田百三／和辻哲郎／里見弴／広津和郎／芥川龍之介／久米正雄／川端康成／宇野千代／佐藤春夫／小林秀雄／宮本百合子／島田清次郎／伊藤整／堀辰雄／林芙美子／円地文子／中勘助／大岡昇平／太宰治／高見順／織田作之助／檀一雄／中里恒子／野間宏／木下順二／田中英光／三島由紀夫／江藤淳

朝日新聞社

川田順／有馬頼義／島尾敏雄／吉行淳之介／豊田正子／澁澤龍彦／井上光晴／高橋和巳／開高健／池田満寿夫／生島治郎

共同通信社

加藤周一／安部公房

読売新聞社

耕治人

文豪の女遍歴／目次

第三章　明治生まれII　87
——日清戦争前まで&長命(七十歳超)

第五章　大正生まれ 199

第一章　幕末生まれの文豪たち

夏目漱石

Soseki Natsume

（一八六七―一九一六）

漱石、名は金之助。私がいたった結論は、漱石は一度しか結婚せず、多くの子供をなしたが、妻以外の女とはセックスせず、娼婦を買ったこともない、というものである。

なぜ漱石が「国民作家」になったかといえば、東大卒の英文学者で、東大講師をしており、明治四十年代以降、自然主義が盛んになって、性的な経験を描く作家が増えた中で、漱石は性的なことがらを書かなかったから、中産階級の家庭で、漱石なら読んでもいいということになったからである。大正五年（一九一六）、漱石門下の赤木桁平(こうへい)は、「読売新聞」に「「遊蕩文学」の撲滅」を書いて、近松秋江、吉井勇、久保田万太郎、後藤末雄など、情痴小説を書く作家を攻撃したが、その際、森鷗外や小山内薫や谷崎潤一郎はなぜか除外された。そして、そんなことを言ったら、漱石か小川未明くらいしかそういうことを書かない作家はいないじゃないかとも言われた。未明は今では童話作家として知られるが、当時は普通の小説家だったのである。

漱石の弟子には、作家になった者より、学者になった者のほうが多いが、これも一つには鏡子夫人が、英文学者の妻になったのであって小説家の妻になったと思っておらず、弟子たちには学者を望んだからである。

岩波書店は、岩波茂雄が漱石の知遇を得て、その『こゝろ』を刊行するところから始まった出版社だが、そのため、「真面目」な出版社だと思われており、昭和に入って、藝者や娼婦との交友を描く永井荷風の全集が岩波から出た時は世間が驚いたという。だが岩波はその後も概して「まじめ路線」で、今日に至っている。

それでも漱石は「恋愛小説」のようなものを書いた。だがそこには一貫して女性嫌悪の空気が流れており、『こゝろ』などは、女に惑わされて友情を損なったという女性呪詛の声が響いている。『草枕』には、有名な那美の裸身の描写があるが、漱石の性的描写とはこの程度である。

だが何しろ漱石は人気があるから、「漱石の恋人探し」が盛んに行われた。第一に疑われたのは、美学者の小屋保治と結婚し、小説を書いた大塚楠緒子で、本名は「くすお」だから「くすおこ」と読まれるが「なおこ」とする人もいる。この人は漱石の弟子筋で、漱石の紹介で「朝日新聞」に「空薫」などを連載したが、明治四十三年（一九一〇）に若くして死んでしまう。その際漱石が「あるほどの菊投げ入れよ棺の中」という俳句を詠んだので、疑われて、漱石は才色兼備の楠緒子が好きだったのだと言われた。しかし、それほどの美人ではない。

あとは、『草枕』に、那美という奔放な女が出てくる。これのモデルは、漱石の弟子の森田草平と心中未遂をした平塚明子（らいてう）だと言われているが、この舞台となった小天温泉で、漱石が遭遇したのは、土地の政治家・前田案山子の次女・卓で、これが那美のモデルの一人とされている。といっても、卓は漱石の一つ下で、二度の結婚に破れて実家にいた。漱石は第五高等学校教師として前田案山子を訪れ、卓に会うのだが、その時は双方三十歳前後で、卓が特に美しいわけではなかった。

那美の裸体描写は、「しかもこの姿は普通の裸体のごとく露骨に、余が眼の前に突きつけられてはおらぬ。すべてのものを幽玄に化する一種の霊氛のなかに髣髴として、十分の美を奥床しくもほのめかしているに過ぎぬ。片鱗を潑墨淋漓の間に点じて（略）赤裸々の肉を浄洒々に眺めぬうちに神往の余韻はある」。『太陽』一九九四年八月号に、佐伯順子は小天温泉へ取材に行き「漱石の描いた『自然』」を書いている。『草枕』の画工をきどって湯につかる。もっとも男湯と女湯は別。小説にならうならば、私は同行のSさんとカメラマン（横山良一）が姿を消した男湯のほうへ、ワンテンポ遅れて登場、としゃれこまねばならぬところだが、裸で『神往の余韻』を感じていただく自信もないので、あきらめる。（略）とはいえこういう時、湯気の中に忽然と現われて〝画になる〟のはやはり、男性の裸ではなく女性の裸のほうよね、とひそかに苦笑」。

文藝評論家・江藤淳は、デビューしてほどなく、漱石は嫂・登世を恋していた、ないしは密通すらしていたと主張し、『漱石とその時代』（一九七〇）にこれを書き、さらに初期の漱石がテニスンを下敷きとして、アーサー王伝説のランスロットとグィネヴィアの不義の恋を描いたのは嫂との関係があったからだ、というのを『漱石とアーサー王傳說』（一九七五）に書いて、慶大の博士号をとった。同じころ小坂晋は『漱石の愛と文学』（一九七四）で、江藤説を否定し、はさみこみの付録で平野謙と対談して江藤説を批判して、やはり好きだったのは楠緒子だとし、大岡昇平も江藤を批判した。

あとは、若い頃井上眼科というところで見かけた、「たけながをかけた女」というのが誰か、というのも議論されたりして、最近、森鷗外の「舞姫」のエリスはユダヤ人だと言い続けている荻原雄一という人が、これは陸奥宗光の娘だ、などという新説を発表した。明治の美人みたいな企画では必ずと言っていいほど横顔の写真が出てくる、まあ絶世の美人である。

江藤以後は、漱石の「恋人」探しも下火にはなったが、まだまだくすぶっているようである。それでいて、ちっとも「好きだった」とされないのが、弟子の野上弥生子で、これは野上豊一郎の妻になった、もと小手川(こてがわ)ヤエという作家で、百歳近くまで生きた。若い頃翻訳した、岩波文庫にも入っていたブルフィンチの『伝説の時代』(のち『ギリシア・ローマ神話』と『中世騎士物語』に分離)には、漱石が序文を書いている。

漱石は見合い結婚したが、男なんだから、生涯に四人や五人、いいなと思った女がいるのが普通である。江藤のように、嫂との性関係があったとするならともかく、誰か一人に決めようとするのが土台おかしいので、漱石の場合は、実際の女関係はないに等しく、後世の人々の「恋人探し」だけがやたらと盛んだという例にしかならないのである。

森鷗外
Ogai Mori

（一八六二―一九二二）

鷗外森林太郎といえば「舞姫」である。明治二十三年（一八九〇）という早い時期に、文語文で発表されたもので、高校の国語教科書にもよく載っている。最初は「石炭をばはや積み果てつ」というよく分からない文で始まるが、これはドイツから日本へ帰国する太田豊太郎が、船に乗って、サイゴンの港で石炭の補充をしているのを待つ間に、ドイツでの出来事を回想するという叙述形式になっているもので、私は高校時代にはそのことが分からなかった。

この形式をまねたのが、村上春樹の『ノルウェイの森』（一九八七）で、これは飛行機がハンブルク空港へ着陸する時に、乗っているワタナベが十八年前を回想するという形式になっている。さて、発表当時「論争」があったことは知られている。当時も、人々は、これを森林太郎の実体験と見なした。女を弄んで捨てるとは何ごとか、と真正面から怒ったのは巌本善治（よしはる）のほうで、石橋忍月（にんげつ）は、文学作品の価値は道徳的批判ではないということを心得ていたから、妙に持って回った批判をし、鷗外もまた、作中に友人として出てくる相沢謙吉の名を借りて応答し、太田豊太郎は真の愛を知らない者だ、とまたよく分からないことを言った。

もっとも、最近でも理解していない人がいるが、別に森林太郎だけがこういうことをしていたわけではない。日本へ来た西洋人が現地妻を持ったように、西洋へ行った日本のエリートも、現地の下層の女を妻にして、帰国する時にはカネを与えて処理するというのは、ほかにも例があったのである。別に西洋人だからそういうことをするのではなく、「下層の女」というところがポイントで、エリスはドイツ語の読み書きすら豊太郎から習っていたのである。「舞姫」と言ってもこれは「踊子」で、売春婦すれすれの職業である。

鷗外はその二十年後に「普請中（ふしんちゅう）」という短編を発表しているが、これはどうやらエリスらしい女がドイツからやってきて再会する話らしいが、フィクションと見なされた。しかし、鷗外のあと四日後に、エリーゼ・ヴァイゲルトなる女があとを追って来日したのは事実で、これは鷗外の妹・小金井喜美子の孫である星新一の『祖父・小金井良精（よしきよ）の記』（一九七四）で明らかにされ、小金井や友人の賀古鶴所（かこつるど）らが説得して帰国させたのである。

ところがこのエリスについても、「漱石の恋人」と同じく、やたらと関心をもって調べたり書いたりする人がいて、荻原雄一は、エリスはユダヤ人だという説を立てた（二〇〇一年『『舞姫』　エリス、ユダヤ人論』）。その十年後に、六草いちかがエリスの身元について、ドイツで詳しく調査した成果を報告すると、荻原はどういうわけか猛然と批判を加えたのである。私には、エリスがユダヤ人かどうかなど、さして興味はない。

その後鷗外は、海軍中将・赤松則良の娘登志子と結婚し、長男の於菟が生まれるのだが、一年半で離婚してしまう。二十八歳の年で、そのため森家と赤松家とは関係が悪化した。鷗外は夜遅くまで勉強するので、妻も起きていなければならず、それができなかったこと と、やはり鷗外の母・峰が嫌ったせいであろう。

鷗外が再婚したのは四十歳の時で、司法官・荒木博臣の娘しげと結婚、当時しげは二十二歳で、美人だった。鷗外は「美術品のようだ」とかわいがり、小説を書かせたりした。私が高校一年の時、民放で「獅子のごとく」という、鷗外を主人公にした三時間ドラマをやり、私も観た。鷗外は江守徹で、しげは十朱幸代だったのだが、翌日、現代国語の教師が「絵のように美しい、と言われたのが、十朱幸代じゃねえ」と言っていた。

ところで、最初の離婚から再婚まで十二年、三十代の男盛りを、鷗外はセックスをどうしていたのかというと、妾がいたのである。

黒岩涙香が「萬朝報」で「弊風一斑　蓄妾の実例」という暴露記事を連載していたが、その明治三十一年七月のところに「森鷗外（略）は児玉せき（三十二）なる女を十八、九の頃より妾として非常に寵愛し、かつて児まで挙けたる細君を離別してせきを本妻に直さんとせしも母の故障によりて果す能わず。母も亦鷗外が深くせきを愛するの情を酌み取り、末永く外妾とすべき旨をいい渡し、家内の風波を避けんためせきをばその母なみ（六十）と倶に直ぐ近所なる千駄木林町十一番地に別居せしめ、爾来は母の手許より手当を送りつつありとぞ」とある。このせきは未亡人で、『雁』のモデルらしい。涙香の文章は忘れられていたのだが、昭和二十九年に於菟が「鷗外の隠れた愛人」を『文藝春秋』に書いて、知られるようになった。

鷗外が、漱石の『三四郎』に触発されて書いた『青年』では、主人公の小泉純一は、石川啄木がモデルと言われるが、実際には鷗外の実体験がもとで、純一は坂井れい子という未亡人に誘惑されて「愛情にわたる詞」もなしにセックスしてしまうが、これは鷗外の若い頃の実体験ではあるまいか。

秀才で軍人でハンサム、ともて要素をすべて備えた鷗外だからそれはもてただろうし、漱石と違って藝者遊びもけっこうしたらしい。

ところで、鷗外の弟の篤次郎も医師だったが、三木竹二の筆名で歌舞伎評論を書き、伊原青々園と雑誌『歌舞伎』を出したりしたが、明治四十一年（一九〇八）に若くして死んでしまう。竹二の妻・久子は白井真如の名で歌舞伎評論を書いていたが、旧姓長谷で、恐らく竹二の十一歳年下で、竹二が死んだ年にはまだ満二十九歳である。はじめ三男の潤三郎に再嫁せしめようとしたが断ったので妻を亡くした幸田露伴にあっせんしたが断られ、露伴はひどく怒っていたという。かくして久子は建部遯吾に嫁したがすぐに出されたという。

大正四年（一九一五）、近松秋江が、この真如女史のことを「再婚」という小説に書いた。これは真如が、建部と結婚する前にさる男と密通していたというものだが、秋江によると、見合いで知り合って密通するようになり、建部と結婚するので別れたとあり、年下の弁護士だとある。成瀬正勝（雅川滉）の「鷗外を怒らせた近松秋江の作品」（『鷗外』一九六九年五月）で論じられており、成瀬は、なぜ鷗外がこれに触れなかったかについて、事実だったからだろうと匂わせている。しかし山﨑國紀『評伝森鷗外』は、この件にはまったく触れていない。『両像・森鷗外』で松本清張も、この件には触れつつ、清張らしくもなく、密通について推理しようとしていない。森まゆみの『鷗外の坂』には、明治四十二年、久子が、英語の教師山本英造とランデブーしたと鷗外の日記にある、とある。もっともこれが密通の相手であるかどうかは分からない。

そもそも、見合いで知り合って意気投合したなら結婚すればいいので、これは秋江の潤色で、男は妻持ちであろう。それで弁護士ときたら、誰しもある名前を思い浮かべる。平出修である。平出は年下ではないが、篤次郎からしたらずっと下である。また「再婚」で愛人の三輪は、法学士で弁護士の自分より文学博士の都築（建部）がいいのだろうと女を詰っている。平出は明治法律学校卒だから、果たして法学士だったかどうか分からないが、帝大卒でないひけ目はあったろう。平出は平出家へ婿に入っており、明治四十四年まで男児三人がいた。鷗外とは観潮楼歌会や『スバル』で接触があり、四十三年の大逆事件では鷗外から社会主義について講義を受けている。

だが平出は大正三年に若くして死去するから、秋江が大正四年に「再婚」を書いたのは、平出が死んだからとも考えられる。

ところで私は一九九八年秋に、大阪大学を辞める気になって、東京の四つの大学の公募に出したのだが、そのうち早大理工学部の英語教師の口で面接に呼ばれて行くと、面接が英語だったのだが、森於菟の息子の森常治（一九三二―二〇一五）という英文学者がいて、私は博士論文『〈男の恋〉の文学史』を提出していたのだが、「ラブというのは」と森常治は言い、「相手を捨てて去ろうとする時に『行かないで』と言われて心に痛みを感じる、それがラブだ」と言った。それではまるで「舞姫」だ、と私は、そこまで祖父を崇敬するものなのかと驚いたことがある。

＊参考文献

・森於菟『父親としての森鷗外』筑摩書房、一九六九　のち文庫
・星新一『祖父・小金井良精の記』河出書房新社、一九七四　のち文庫
・六草いちか『鷗外の恋　舞姫エリスの真実』講談社、二〇一一
・黒岩涙香『弊風一斑　蓄妾の実例』社会思想社 現代教養文庫、一九九二

坪内逍遥
Shoyo Tsubouchi

（一八五九―一九三五）

逍遥・坪内雄蔵は、東京大学で政治・経済学を修めた。文科大学を出た文学士だが、これは「文科・理科」の「文学士」であって、今いう「文学部」を出たのではない。だが、徳川時代の戯作、特に馬琴が好きで、しかし大学で西洋人教師から文学を教わり、馬琴を否定した近代文学の宣言『小説神髄』を書き、実作として『当世書生気質』を著した。逍遥のほか、春の舎おぼろの筆名を用いた。

その当時、根津に遊廓があった。のち、大学の近くに遊廓があるのはいけないというので洲崎に移転するが、逍遥はこの移転前の根津遊廓で遊び、花紫という娼婦と恋におちて、ついに結婚することになる。セン夫人である。

当時、明治の元勲といわれた木戸孝允や、初代内閣総理大臣の伊藤博文は、藝者と結婚している。泉鏡花や永井荷風も藝者と結婚した。しかし、藝者と娼婦は似たようなものだと思っている人もいるだろうが、厳然と違うのである。知名人で娼婦を妻にしたというのは、徳川時代では山東京伝と弟の京山、昭和時代では生島治郎くらいである。

だから逍遥は、夫人が娼婦であったことを隠したが、当時世間では公然の秘密でもあり、のち早稲田大学教授となり、一時は教育論に手を染めた逍遥には具合の悪いことでもあった。逍遥が、そのために東大教授になり損ねたなどと言う人がいたが、逍遥が東大教授になるとしたら英文科で、しかし英文科は大正五年（一九一六）まで、英国人教師が教えていて、日本人の専任教員はいなかったので、これは違うだろう。

センは夫人は、そのことが夫の枷になっていると感じてよく尽くしたいい妻だったようだが、写真を見ると細面の美人で、坪内ミキ子に似ているから、ははあ、孫だから似ているんだなと思ったら、ミキ子は実子のなかった逍遥の養子になった士行の娘なのでセンとの血のつながりはない。してみると、士行が養母に似た女を妻にしたのかもしれない。

逍遥夫人のことを最初にはっきりと書いたのは、松本清張の「行者神髄」である。逍遥は長命を保って昭和十年（一九三五）、七十六歳まで生きたが、その時書き残したものを夫人が焼いてしまった。そこに夫人の前身のことが書かれていたのではないか、というものだ。

だが、逍遥の養子となった坪内士行は、宝塚少女歌劇に携わって、そこの女優と結婚したがり、逍遥から離縁されているし、逍遥の愛弟子だった島村抱月(ほうげつ)は、妻がいながら、逍遥の文藝協会の女優・松井須磨子と不義の恋におち、逍遥から破門されている。のち抱月はスペイン風邪のため若くして死に、須磨子はあとを追って首つり自殺した。

逍遥が後継者たちの恋愛問題に厳しかったのは、娼婦を妻にしたひけ目からであったろうか。津野海太郎(かいたろう)の『滑稽な巨人』などという逍遥評もあるが、シェイクスピアの全作品を訳したのはまぎれもない偉業である。

＊参考文献

・松本清張『文豪』文藝春秋、一九七四　のち文庫

第二章 明治生まれI

——日清戦争前まで

国木田独歩
Doppo Kunikida

（一八七一―一九〇八）

独歩は本名哲夫、若い頃から田山花袋とは親友で、文学を志す貧しい青年だった。日清戦争に「国民新聞」の記者として従軍して、弟にあてた手紙の形式で戦争報道を連載したが、これが「愛弟通信」で、それが評判になり、少し名が知られた。

佐々城豊寿は、仙台藩の星という武家の出身の女で、当時婦人参政権運動や娼妓解放運動などをやっていたが、夫は医師で、ブルジョワ家庭の夫人だった。独歩はその家で開かれた従軍記者歓迎の会に招かれたが、そこで娘の信子十六歳が「雪の進軍」などを歌うのを見て、惚れ込んだ。独歩の作品では、武蔵野の風景描写をした『武蔵野』が知られるが、これは、独歩の没後に刊行された『欺かざるの記』という日記を見ると、信子との恋愛と風景描写が交じっていて、そこから風景描写を抜きだしたのが『武蔵野』であったことが分かる。

だが、佐々城豊寿は、二人の結婚に猛反対した。父親のほうは影が薄いのだが、信子が若いのもともかく、いくら少し名が知れても貧乏文士の独歩に娘はやれない。だが独歩は親の反対を押し切って信子と結婚した。豊頬で目の鋭い美人である。独歩の相談に乗っていたのが、「国民新聞」の徳富蘇峰である。しかし、貧乏生活と、独歩の嫉妬の激しさに、若い信子は耐えかねて失踪、実家へ戻ってしまう。

独歩は京都へ行き、寺に住んでいたが、その時近所の娘と関係して生まれた男児が、村上春樹の祖父だという真偽定かならぬ噂がある。さらに東京へ帰って、今度は治子（はるこ）という妻を得て、これは生涯添い遂げた。息子が虎雄といい、のち編集者や作家をする。もっとも、治子と結婚する前に、また子供を産ませた娘がいた。

いっぽう佐々城信子のほうは、数年後、アメリカにいる森広（もりひろし）という男と婚約して、鎌倉丸という船でアメリカへ渡る途次、その船の事務長・武井勘三郎と恋におちてしまう。武井は西田敏行のような顔だが、妻子がいた。このことはすぐに漏れて、新聞に「鎌倉丸の艶聞（えんぶん）」として連載されたが、それを読んだ独歩は、信子が自分の子を産んでいたことを初めて知ったのである。

鎌倉丸はシアトルへ着くが、信子は上陸せず、そのまま武井とともに帰りの船で帰国して、武井と事実上結婚してしまう。この信子のスキャンダルのために、母豊寿は、婦人矯風会の仕事から退き、表舞台から姿を消してしまう。

明治三十五年（一九〇二）、独歩は鎌倉で、偶然信子の姿を見て「鎌倉夫人」を発表した。明治四十年（一九〇七）、花袋が「蒲団」を発表し、自然主義の全盛時代が来ると、独歩は自然派の頭目として名高くなるが、当人は肺病で茅ヶ崎に療養しており、翌年には死んでしまう。

文学青年の間では独歩がはやり、みなが『独歩集』を読んだが、その初版部数はわずか五百部で、つまり文学青年というのはその程度しかいなかったのだ。

信子は生きていたが、婚約者だった森広は有島武郎の友人だったから、有島は明治四十三年（一九一〇）に創刊された『白樺』に、信子をモデルとした「或る女のグリンプス」を連載し、のち加筆訂正して『或る女』として刊行した。ここではヒロインの早月葉子は最後に病気で死んでしまうことになっているから、怒った信子は、有島に抗議に行こうかと思っていたら、有島は心中してしまった。

佐々城信子の母方の従妹が、相馬愛蔵と結婚した相馬黒光で、新宿にパン屋中村屋を開いて、インド独立運動のボースをかくまったりしたので知られる。『黙移』という回想記に、信子のことも出てくる。信州安曇野出身の彫刻家・荻原碌山（守衛）は、黒光に激しく恋し、苦悩し、黒光をモデルとした「女」を制作し、満三十歳で死んでしまう。のち、安曇野出身の臼井吉見は、長編小説『安曇野』で、黒光・碌山らの群像を描いたが、それは、黒光がいかに男を惑わす悪女だったか、を描くことに眼目があったという。

＊参考文献

・小谷野敦『片思いの発見』新潮社、二〇〇一

田山花袋
Katai Tayama

（一八七一―一九三〇）

花袋は、本名・録弥、群馬県の出身である。世間には、五十歳近くなった、太った写真が流布しているが、若い頃のは、美形ではないが、痩せていてそれなりに貫録がある。

花袋は長く博文館に編集者として勤め、のち自然主義の牙城となる『文章世界』の編集長をした。親友の太田玉茗（ぎょくめい）の妹と自然に結婚したが、何といっても、明治四十年（一九〇七）に発表した「蒲団」で知られる。

「蒲団」で、主人公の作家・竹中時雄（古城）のもとへ、弟子になりたいと言ってくる横山芳子のモデルは、広島県上下町（じょうげちょう）（現府中市）出身の岡田美知代である。はじめ竹中は断るが、懇望されて弟子入りを許すと、存外かわいらしい少女であった――美知代は、それほどの美人ではないが、若ければそこそこかわいい、という顔だちである。竹中は次第に芳子にかすかな慕情を覚え、芳子から慕われていると思っていたのが、いつしか芳子に田中という恋人がいるのが分かり、芳子の父を呼んで相談する。芳子は、田中との間に汚れた関係はない、つまりセックスはしていない、と言うのだが、その後、「私は堕落女学生です」と、関係があったことを告白する手紙をよこし、父に連れられて郷里へ帰る。竹中は、そんなことなら貞操を重んじる必要もなかった、自分もやってしまえば良かった、と思い、帰省した芳子の蒲団に顔をうずめ、女の匂いを嗅いで泣く、というのが「蒲団」である。

これは、発表の三年ほど前に実際に起きたことである。だが、花袋が書かなかったことがある。美知代が来てからほどなく、花袋は日露戦争（一九〇四年勃発）に従軍記者として出征する。すると美知代は、花袋宛にさんざん手紙を書く。それが、ほとんど恋文のようなものすらあるのである。「中年」などと言っているが、花袋はまだ三十四、五で、若い女からこんな手紙をもらったら、そりゃあその気になるだろう。

ところが、花袋が帰国する頃になると、美知代の態度が変わっていた。美知代に、永代（ながよ）静雄という恋人ができていたのだ。静雄も文学青年で、当時は投稿雑誌というのがあり、ペンフレンド募集をして、男女が知り合うことがあった。二人は関西学院でのキリスト教の集まりで会い、京都で一夜を過ごしてしまったのである。花袋としては、突然梯子を外されて、煩悶もしただろう。その気持ちを描いたのが「蒲団」で、ただし美知代の手紙のことは伏せてあるから、「あれは単に師匠としての気持ちでしかなかったのか」という部分は、対応する美知代側の働きかけが抜けているのだ。

とはいえ、花袋は明治四十年、「蒲団」発表の年に知った藝者・飯田代子を生涯の愛人とし、最後も代子宅で倒れたのである。

「蒲団」を初めて見た美知代は「あらっ、あたし、書かれちまったわ」と思ったが、結局は永代とともに再度上京し、花袋に世話を頼んで結婚した。美知代はそれなりに小説も書き、永代のほうは『不思議の国のアリス』の初訳などもしていたが、のちに離婚し、花袋は昭和五年に死ぬが、戦後、和田芳恵の「名作のモデルを訪ねて」という探訪記事で、「蒲団」では永代が、関西弁をしゃべる間抜けな男として描かれているなどと不満を述べるようになる。まあ、小説のモデルにされると、やはり被害感情を抱くものらしい。美知代の兄・岡田実麿は、英文学者で、漱石の後任として一高で英語を教えていた。

あまり知られていないが、花袋はその後、「ある朝」という問題作を書いている。これは、花袋が美知代を夜中に強姦したという話で、フィクションだろうが、正面から問題にした論文はない。

なお永代静雄については大西小生、美知代については広島大学の有元伸子が細かな研究をしている。

＊参考文献

・小林一郎『田山花袋研究』全十巻、桜楓社、一九七六-八四
・大西小生『「アリス物語」「黒姫物語」とその周辺』ネガ！スタジオ、二〇〇七

有島武郎

Takeo Arishima

（一八七八―一九二三）

有島武郎は、実はベストセラー作家だった。もちろん、志賀直哉らの『白樺』に、弟の画家・有島生馬、里見弴らと参加したのだが、独自の地位を保ち、キリスト教系の作家として信者が多く、単行本ではなく、友人の足助素一が営む叢文閣から『有島武郎著作集』の形で著作を刊行し、これが売れていたのだ。

有島家は、薩摩藩の一族の北郷家の家臣の家柄で、父武は事業での成功者だったため、華族ではないがみな学習院へ行った。四男の里見弴は祖母の山内家の養子になっており、里見弴は筆名である。

武郎は現在の北海道大学農学部へ進み、軍隊への入隊をへて三十歳で、陸軍中将・神尾光臣の次女・安子と婚約、結婚し、三人の男児が生まれた。長男がのちの俳優・森雅之である。安子との夫婦仲には波乱もあったが、安子は大正五年（一九一六）、若くして死去、武郎は残された三人の子供らにあてた手紙形式で「小さき者へ」を書き、美男だったから女性読者たちの涙をさそい、作家としての名声とあいまって、武郎には多くの女性崇拝者が現れた。

父武も死に、当時の民法の定めによって、北海道の農地などすべての財産を武郎が相続した。だが、武郎はトルストイに倣（なら）い、農地を農民たちに解放し、手放した。ここから、武郎は社会主義的だとして非難を浴びることになる。

そのうち、中央公論社の記者（編集者を当時はこう言った）だった波多野秋子は、波多野春房（烏峰（うほう））という実業家にしてイスラム教の研究者だった男の妻で、美貌で、夫の金で学校を出て記者をしていたが、武郎と親しみを増し、ついに愛人関係になる。

このことはほどなく夫の波多野にばれ、二人は会わないようにしようと決めるが、慕情が抑えがたくまた会ってしまう。当時は人妻との姦通は姦通罪になるから、波多野は武郎を呼び出して、警察に告訴するか、カネで片を付けるかと迫る。

大正十二年（一九二三）六月、武郎と秋子は姿を消す。軽井沢で二人の心中死体が発見されたのは、七月に入ってからのことだった。

友人たちは経緯を知って武郎に同情して波多野を責めた。だが自殺否定論の里見弴は、武郎の甘さを批判し、波多野が怒るのも無理はないとした。のち里見は『安城家の兄弟』という長編小説を書いて、武郎の自殺発見から二カ月後の関東大震災以後のことまでを描いた。

永畑道子の『華の乱』（一九八八）は、深作欣二によって映画化され、晩年の武郎が、与謝野晶子と恋愛関係にあったという仮定を描いたもので、武郎を松田優作、晶子を吉永小百合が演じて、吉永が最も美しかった映画といえる。幻想のセックスシーンもあるが、一般的には晶子と武郎の間には何もない。

晩年の武郎に、恋人気取りで周囲をうろつき、手紙もよこしていた桜井鈴子という人妻がおり、武郎の心中の後、自分は武郎と肉体関係があったという手記を発表した。里見は悪意をこめて「落合光恵」の名で描いているが、石川県出身の実業家で代議士の桜井兵五郎の妻とされている（佐渡谷重信『評伝有島武郎』）。

ところで波多野春房には、秋子の死後、藝者の大隅れい子（当時三十五歳）が同情して結婚したと当時報道されたが、大正十五年（一九二六）から書かれた徳田秋聲の「間」によると、春房とれい子の関係は以前からで、だが春房は女にもてていれい子が苦労しているから、融（秋聲）に、れい子と結婚しないかと待合のおかみが持ちかける。だが調べてみるとれい子はもう死んでいた。という話であった。

与謝野鉄幹
Tekkan Yosano

（一八七三―一九三五）

与謝野鉄幹（寛）の妻は、もちろん与謝野晶子である。だが鉄幹にはその前に二人の妻がいた。最初は内縁の妻で浅田信子、これと別れて、林滝野という女と結婚していた。晶子は鉄幹の五つ下だが、大阪堺の富裕な商人・鳳家の娘で、しやう（晶）といった。当地の仲間と短歌を始め、河野鉄南という恋人らしい男もいたが、友人の山川登美子とともに、大阪へ来た鉄幹の知遇を得るとたちまち晶子は恋におちる。明治三十三年（一九〇〇）のことで、晶子は二十二歳、鉄幹は二十七歳になる。鉄幹は雑誌『明星』を創刊して文名があがっていた。

と同時に、登美子と鉄幹にも恋愛が生じる。顔は登美子のほうがおとなしい感じで、ただしさほどの美人ではない。才能と気の強さで晶子が優った。三人で三角関係のまま京都永観堂の紅葉を見物し、それから粟田山麓の辻野旅館に三人で泊まったのは有名な話である。その年末、登美子は一族の山川と結婚し、姓が変わらないまま人妻となった。

だが、翌三十四年、『文壇照魔鏡』という、鉄幹が弟子を愛人にしており、妻を売ったとか、経済的なことなど十数カ条をあげて鉄幹を攻撃した怪文書が出た。鉄幹は、書き手は大阪の文人で『新声』の編集をしている高須梅渓（芳次郎）らしいと考え、梅渓を名誉毀損で訴えたが、梅渓が書いたという証拠がなく敗訴した。

木村勲によると、どうやら高須は、登美子に恋をしていて、相愛が成り立ったと思っていたのを、鉄幹にとられたと感じてこんなものを出したらしいのだが、鉄幹はそのため、滝野を離婚し、正式に晶子を入籍することになった。

晶子は、歌集『みだれ髪』を刊行すると、一躍スターとなった。以後はひたすら晶子のスター街道が続き、鉄幹は追い越されてしまう。登美子は若くして死に、鉄幹は本名の寛に名を変えて、衆議院選に出るが落選、晶子を残してフランスへ旅立つ。

だが、晶子は寛の不在が寂しくてならず、ついにシベリア鉄道に乗ってフランスへ行き寛に再会、ロダンにも会い、その後生まれた子供をアウギュストと名づけた。

しかし結局、『源氏物語』の現代語訳など平安朝女流文学の評価から、評論、小説と活躍したのは晶子で、鉄幹は二重に晶子に去勢された（しかし子供は十一人作った）ような男になってしまったのであった。

そのため私は、夫婦同業で妻のほうが出世してしまうのを、「与謝野鉄幹コンプレックス」と、名づけている。とはいえ、男というのは、妻から「好き好き」とやられると「重い」と感じるもののようで、鉄幹が晶子との結婚以後はあまり浮気をした形跡がないのは、怖かったのと、「好き好き」の重圧からだったのだろう。そういう意味で、晶子は鉄幹を去勢したとも言えるのである。

＊参考文献

・渡辺淳一『君も雛罌粟われも雛罌粟』文藝春秋、一九九六　のち文庫（小説）
・木村勲『鉄幹と文壇照魔鏡事件　山川登美子及び「明星」異史』国書刊行会、二〇一六

泉鏡花
Kyoka Izumi

（一八七三－一九三九）

泉鏡花は、金沢出身である。本名は鏡太郎。母は鈴といい、弟妹を生んだのち、鏡太郎が九歳の時に死んだ。

鏡花は十八歳で上京し、尾崎紅葉に入門しようとしたが、勇気が出ずに一年間放浪、やっと門を叩いてすぐ入門を許された。

鏡花は近代的な恋愛至上主義者で、親のとりきめた縁談などというものを唾棄(だき)した。その思想は『婦系図(おんなけいず)』にもはっきりと出ている。

だが大学などへ行っていない鏡花の恋愛の場は、花柳界であった。すずという、母と同じ名前の藝妓に恋をして、同棲した。だが師の紅葉は、藝者との結婚を認めなかった。その時すでに紅葉は胃がんで死の床にあったが、病床へ鏡花（三十歳）を呼んで、別れろと言った。

鏡花はいったんすずと別居し、紅葉が死んだあとで妻に迎えた。

鏡花は私小説は書かないが、この経験だけは『婦系図』に書かれていると言われる。真砂町の先生に、藝者と別れろと言われて、湯島神社の境内で「別れろ切れろは藝者の時に言う言葉よ、私には死ねと言ってちょうだい」という、新派でよくやった場面は、舞台のために鏡花が改めて書いた「湯島の境内」である。

だが、そんな仕打ちをされても、鏡花にとって紅葉は神のような存在なのである。紅葉没後、その華麗な浪漫主義を鏡花は受け継いだが、徳田秋聲は紅葉を裏切って自然主義派になった。鏡花は秋聲とは犬猿の仲になった。昭和に入って、紅葉全集を作るため、改造社の山本実彦が、鏡花と秋聲を仲直りさせようとした。対面して話しているうち、秋聲が「紅葉先生は甘いものばかり食べたから胃がんになったんだ」と言った。鏡花は間の火鉢を飛び越えて秋聲に飛びかかり、ポカポカ殴りつけた。

山本はあわてて秋聲を抱えて逃げ出し、秋聲行きつけの料亭へ行ったが、秋聲は号泣していた。そのうち、秋聲が経営するアパートに、鏡花の弟で、「舎弟」だというので泉斜汀と名のっていた作家が住むようになり、そこで死んでしまった。秋聲がいろいろ手配して、鏡花とも何となく和解した……。

鏡花は、女よりも尾崎紅葉のほうが好きだったようだ。

樋口一葉
Ichiyo Higuchi

（一八七二―一八九六）

樋口一葉、本名なつ（夏子）は、父母が山梨県の出身である。東京で生まれたが長兄と父が相次いで死んでしまい、次兄もいたが頼りにならない。母と妹との女所帯で、夏子は家計を支えなければならなくなる。

萩（はぎ）の舎（や）塾という女塾（じょじゅく）で和歌や古典文学を学んだが、そこの田辺（三宅）花圃（かほ）が「藪（やぶ）の鶯（うぐいす）」という小説を書いて話題になったので、自分も小説家になって生計を支えようと考える。

小説といっても「藝術小説」ではなく、新聞に連載される通俗小説である。のち、漱石や藤村や長塚節（たかし）が藝術小説つまり純文学を連載するが、新聞小説というのは当時は通俗小説で、多くは女の哀れな運命を描くもので、『金色夜叉』や『不如帰（ほととぎす）』のようなものだ。

だから、一葉が書いていた短編は、そういう通俗小説の練習だったとも言える。明治二十四年（一八九一）に、「朝日新聞」の連載小説家、半井桃水に弟子入りした。新聞小説は、初期においては大阪のほうが盛んだったことがあり、この時点では尾崎紅葉はまだ若く、三十一歳くらいの桃水を選んだのだろう。

一葉が死ぬのは明治二十九年、二十四歳である。その前の十四カ月が「奇跡の十四カ月」と言われ、「たけくらべ」を書いて一躍名があがった時期である。『めさまし草』で、森鷗外、幸田露伴、斎藤緑雨の三人の鼎談合評にとりあげられた。当時『文學界』という同人誌を、島崎藤村、北村透谷、戸川秋骨、平田禿木らがやっており、禿木と緑雨が一葉を訪ねてきた。近松秋江は、岡山から上京して、一葉に弟子入りしようと思い樋口家を訪ねたのが、死んだ三日後で、死んだと教えられてがっかりしたという。訃報が新聞に出たのは、死んだ三日後だったからしょうがない。

何しろ一葉は美人である。死後も名声は高く、妹の邦子は婿をとって樋口家を継ぎ、全集を出した。そこで、一葉の恋人は誰だ、ということになる。二十四で死んだのだから、処女だった、とも言われた。

一葉の日記は明治末年の全集にも出ていたが、半井桃水が大正末年まで生きていたから、一葉の恋人探しが本格化するのは昭和に入ってからで、やはり疑われたのは桃水である。のち直木賞をとる和田芳恵（男）は、桃水と関係があったと、一葉非処女説を唱えた。一葉を聖処女とあがめる久保田万太郎は激怒して、和田には何も書かせるなと言ったという。むかし死んだ女性作家が処女だろうがそうでなかろうがどうでも良さそうなものだが、ここはどちらかというと和田を「干そう」とする久保田の人間性が出ている話であろう。

当時、桃水は妻を亡くしたやもめで、そこへ若い娘が弟子入りしたから、世間の口もうるさく、桃水が戯れに、一葉は当主だから婿にでも入るか、と話したのが広まったりして、桃水が一葉に謝る、などという場面も日記に書いてあり、一葉も桃水に対してまんざらではなかったようだ。

斎藤緑雨は、「恋愛とは口に美しく手に汚きこと」などと言う皮肉な男だったが、これは別に性欲のことではなく、カネ目当ての結婚のことらしい。その緑雨が、一葉には惚れこんだと、これもまた面白がって言う人がいる。まあ、それはあったかもしれない。

私は以前、『美人作家は二度死ぬ』（論創社）という小説で、一葉が死なずに長生きしたら、凡庸な新聞小説作家になっていただろうというイジワルなことを書いたが、その続編『中島敦殺人事件』（同）で、「にごりえ」のお力（りき）の描写には、女の性欲が描かれている感じがしないから、一葉は処女だったろう、と主人公の女性学者に結論づけさせている。もっともこれも、当時としてそんなことは書けなかった、とも言えるので、分からない。

北原白秋
Hakushu Kitahara

（一八八五－一九四二）

北原白秋、本名・隆吉は、福岡県筑後柳川の生まれである。当地の言葉で長男を呼ぶ「トンカジョン」の名で呼ばれ、早くから詩才を現わし、上京して『明星』の同人と交わるが、のち離脱。第一詩集『邪宗門』でその異国情緒を絶賛されるが、明治四十三年（一九一〇）、青山に住んでいた時、隣家の人妻・松下俊子が、夫に冷遇されているのに同情して恋におち、のち夫から姦通罪で訴えられて、二週間ほどだが下獄した。

白秋の下獄事件は、当時やはり人妻と姦通していた谷崎潤一郎をも恐怖させた。絶望して自殺も考えた白秋は三浦三崎に移り住み、禅学者の公田(こうだ)連太郎の話を聴いてやや立ち直り、夫から離縁された俊子と結婚する。

だが、俊子は悪妻だった。少し精神に異常があったのかもしれない。一年少しで離婚する。次に結婚したのは、大分県で夫と別れて上京して来た江口章子(あやこ)で、章子は文学に憧れ、はじめ平塚らいてうのところへ身を寄せるが、その後白秋のところへ来て同棲するようになる。白秋は文名は高かったが貧窮に悩んでいた。だが弟の鉄雄が出版社アルスを創立し、白秋の著作を出すようになる。

大正七年（一九一八）、白秋夫妻は小田原に移り住み、谷崎も近くにいて、往来していた。章子も、谷崎夫妻と親しかった。翌年、木兎（みみずく）の家というのを建てるが、新たに建てる洋館の地鎮祭の日に、弟の鉄雄や周辺の人物が、章子が白秋をダメにしていると言ったため、章子は出奔し、どういうわけかその場にいた雑誌記者の池田林儀（しげのり）と一夜を共にしてしまい、そのあと章子は谷崎のところへ身を寄せるが、白秋はなお章子に執着し、谷崎との関係が悪化して、とうとう最後まで元に戻ることはなかった。章子は池田と結婚するつもりだったが、池田は単なる一時の過ちのつもりで、ベルリン特派員として海外へ行ってしまったため、やむなく郷里へ帰り、柳原白蓮とつきあったりした。

この江口章子というのも、近代文学史上有名な女性だが、この手の、文学者（文化人）に憧れて関係するが、自分では何も書けない、ないし書いてもものにならないといった女というのは、今でもいる。

白秋は、その後大正十年（一九二一）、佐藤菊子という、今度は尋常な女と三度目の結婚をし、長男隆太郎らの子をもうけ、落ち着くことになる。

＊参考文献

・北原東代『沈黙する白秋　地鎮祭事件の全貌』春秋社、二〇〇四
・瀬戸内晴美『ここ過ぎて　白秋と三人の妻』新潮社、一九八四　のち文庫
・末永文子『城ケ島の雨　真説・江口章子の生涯』昭和出版、一九八一

近松秋江

Shuko Chikamatsu

（一八七六－一九四四）

近松秋江は、本名を徳田浩司といい、岡山県の出身である。上京して、東京専門学校（早大）を卒業、読売新聞、中央公論などに勤めるが長続きせず、「文壇無駄話」という文藝評論を書き始める。当初、徳田秋江を名のったが、徳田秋聲と紛らわしいので、好きな近松門左衛門からとって近松を名のる。

実家はカネがあったから、困窮したり病気になって実家へ帰り、また上京のくりかえしで、そのうち大貫マスという出戻り女を事実上の妻にし、小間物店を開いて七年ほどいたのだが、娼婦を買って梅毒になったか、ないしは別の女を世話をすると称して家に引き入れたりし、マスは下宿していた岡田という学生とできて出奔してしまう。

それから秋江の、マス探索の旅が始まり、岡山へ行ったり、日光で宿に泊まったという情報を得て、日光の宿の宿帳をしらみつぶしに調べて、マスと岡田が一緒に泊まったことをつきとめ、外へ出てぼろぼろと涙を流す。

帰京するとすぐ夏目漱石のところへ行ってその経緯を話し、漱石は熱心にメモをとっていたという。そして秋江の出世作「別れたる妻に送る手紙」と続編「疑惑」が書かれるのだが、マス宛の手紙の形式でありながら、その後なじみになった藝者を友人にとられたといった泣きごとを書き連ねるありさまである。なおこの友人というのは同郷の正宗白鳥で、白鳥は戦後、秋江が死んだあとで「近松秋江　流浪の人」を書き、秋江はあまりに怠け者なので同じ社にいても辞めてしまった、マスなんて汚い顔の女でどこが良かったのかと書いている。

秋江はもともと、政治とか国家について論じたかった人間で、私生活を赤裸々に書いたりしたくないと言っていたのが、結局そういうもので名をあげることになる。

次に秋江は、浄瑠璃好きだからか、盛んに関西に遊び、はじめ大阪の娼婦・東雲(しののめ)太夫に溺れるが、東雲は秋江が東京へ帰っている間に身請けされて台湾へ渡ってしまう。これも小説にする。さらに、鎌倉で某医学博士の妾をしているという「鎌倉の妾」が、愛読者だというので手紙をくれたのがきっかけで密通し、どうやらこの女は秋江の子を産むのだが、ほどなく死んでしまい、手を切る。

その前から京都の娼婦・金山太夫となじんでいたが、これは本名を前田志う(じ)といい、数年の交情ののち、またしても姿を消し、秋江は南山城あたりを探索し、志うが風邪から狂気に陥ったと知る。この金山太夫のことを描いたのが「黒髪」連作である。なお東雲太夫連作の最初も「黒髪」なのでややこしい。

そんな生活を四十代半ばまで続けたのだが、もしかしたら、親しかった徳田秋聲と同じように、小説の題材のためにという意識もあってこんなことをしていたのかもしれない。大正十一年（一九二二）、四十六歳で、指圧治療師の猪瀬イチと結婚して二人の娘をもうけ、「子の愛の為に」とか「恋から愛へ」といったものを書いて、女遍歴とは別れをつげ、「水野越前守」などの歴史小説を書くようになる。

しかしこの妻イチは、秋江の女関係に嫉妬したり、興奮して「俺」と言うなど粗暴で、その父と兄もイチの言うことを信じて秋江が虐待しているとなじり秋江を殴るなど、この結婚生活も悲惨だった。

最後は失明し、経済的にも窮迫した中で、戦争中に死んだ。白鳥は「怠け者」と言っているが、書いた量は多く、昭和三年から失明までつけた日記が、戦後火事のために焼けたが、それを見るととても精励恪勤(かっきん)の人に見えたという。白鳥の記述からすると、秋江はおそらくADHDだったのだろう。

＊参考文献

・沢豊彦『近松秋江と「昭和」』冬至書房、二〇一五

折口信夫
Shinobu Orikuchi

（一八八七－一九五三）

折口信夫（釈迢空）は、同性愛者である。明治・大正期には、薩摩の人間が政権をとったため、薩摩の若二世制度の影響で男性同性愛が流行したが、多くは少年のころのことで、大人になると女好きになったが、折口はれっきとした完全同性愛である。

童話作家のアンデルセン（アネルセン）も同性愛だったと言われ、ドイツに学んでそのことを知った巌谷小波は、すっかり失望してしまったという。だが、アネルセンの場合は、性同一性障害ではなかったかと私は思っている。

折口が、どのようにして自分が同性愛者だと自覚するようになったのかは分からない。若い頃自殺未遂をしており、それも関係あるのかもしれない。

折口には、いくにんかの弟子がその相手になったらしい。加藤守雄は、そのことを書いている。折口の世話のため宅に泊まって寝ようとすると折口が布団に入ってきて、

「君は書生仲間でつかう、体を裏返すということばを知っているか」

「さあ」私は頭の中で、その言葉をくり返した。紙一枚へだてた向うで、ぼんやり何かが分かりかけていた。その時、先生の体が、私の上にのしかかると、私の唇に先生の唇が触れた。

私はなにか叫んで床の上にはね起きた。今まで、わからなかったことが、いっきに理解された。なぜ先生が、私の床に入って来たか。なぜ私の体に身をすりよせたか。なぜ額のすずしさを言ったか。そうして、体をうらがえすという行為が、何を意味するのか。素早いはやさで何もかも納得された。

以後、加藤は折口に対してびくびくしているのだが、
折口先生と話しながら出て来られた柳田先生が、私をよびとめて、
「加藤君、牝鶏になっちゃいけませんよ」と、ふいに言われた。
牝鶏ということばの異様さに、私はぎょっとした、土間に下りていた折口先生の表

情が、みるみる蒼白になった。じっとうつむいたまま、立ちすくんでいられる。

（略）

「柳田先生は、いつもぼくをいじめなさる。ぼくのだいじにしている弟子を、みんな取ってしまわれる」ほとんど泣きべそをかくような声であった。

その夜折口は、同性愛は変態ではないと言い、

「柳田先生のおっしゃった意味は、ぼくには良くわからないけれど、師弟というものは、そこまでゆかないと、完全ではないのだ。単に師匠の学説をうけつぐと言うのでは、巧利的（ママ）なことになってしまう」

と言う。それから数日、折口は「ぼくの言うことを聞くか」と布団の上から加藤を抱きすくめ、「森蘭丸は織田信長に愛されたということで、歴史に名が残った。君だって、折口信夫に愛された男として、名前が残ればいいではないか」と迫られた。加藤は耐えかね、置き手紙をして逃亡し、郷里の愛知県岡崎へ向かったが、折口は二度も実家まで会いに来

た。加藤は会わなかった。しかし、加藤はこの件を書いたために名前が知られているので、まあ半ばは折口の言った通りになったようだ。

折口は生涯独身だったから、弟子の藤井春洋(はるみ)を養子にしたが、戦死した。春洋も折口の愛人だったようだ。

＊参考文献

・加藤守雄『わが師折口信夫』文藝春秋、一九六七　のち朝日文庫

菊池寛
Kan Kikuchi

（一八八八―一九四八）

菊池寛は、香川県高松の出身で、そのためこんぴら歌舞伎を観て育ち、歌舞伎に詳しかったが、そのせいか、同性愛者になった。中学生時代に肉体的同性愛の相手がいたことは、杉森久英の『小説菊池寛』に手紙が引かれていて分かる。

家が貧しかったため、回り道をして第一高等学校に入るが、ここは寮生活で、菊池は芥川龍之介や久米正雄と文学仲間だったが、ほかに佐野文夫という同性愛相手がいた。この佐野が、いくらか精神に異常があったようで、倉田百三の妹とデートするのに、他人のマントを無断借用した。そのことが問題になった時、菊池は佐野の罪をかぶり、退寮処分となって、一高もやめることになった。

教師の中には、事情を知る者があって、東大はムリだったが、京大へ入れるようとりはからってくれた。そのため菊池は、東大へ行った久米や芥川が第四次『新思潮』を始めた時、遠い京都から参加せざるをえなかった。

大学を出て東京へ戻り、時事新報の記者になるが、その頃、親が決めた相手とおとなしく結婚した。菊池は、一度だけ夏目漱石宅へ行ったことがあるが、漱石から「シャーク（サメ）のような顔をした男」と言われるぶ男だったのだ。

だが、筋とテーマのはっきりした短編で文名があがり、「大阪毎日新聞」「東京日日新聞」に「真珠夫人」の連載を始めて成功し、さらに雑誌『文藝春秋』が成功して、三十代で作家・実業家としての成功者になり、「文壇の大御所」と呼ばれた。佐野はのち共産党に入るが、やはり精神がおかしかったようで、実家へ帰り、死んだ。

カネがあれば女は寄ってくる。菊池は愛人を作った。川端康成は若い頃、大学を一年留年したため、学資を出してくれる親戚に遠慮したため貧乏で、菊池の作品の代作をしていた。書いたものを菊池宅へ持って行くと、夫人が出てきて受け取ったが、菊池に愛人がいるのを知っていたから、奥さんに顔向けできない思いがした、と日記に書いている。

昭和になって、広津和郎が「女給」という小説を『婦人公論』に載せた。女給小夜子を主人公にしたものだが、その中に出てくる詩人が、小夜子に振られる役だった。『婦人公論』は広告で「文壇の大御所」と謳った。菊池は怒って中央公論社へ乗り込み、応対した社長の嶋中雄作と、『婦人公論』編集主幹の福山秀賢(しゅうけん)相手に抗議するうち、激昂して手近にいた福山の頭をポカリとやったから、中央公論側では菊池を告訴すると息まき、ついに広津が登場して和解させた。その時、久米正雄が広津に、「きみ、あれは菊池が怒るよ。菊池はほかのことは何でも自分が勝ったと思っているが、女についてだけは勝ったと思ってないんだから」と言った。

だが、文藝春秋に入社した佐藤碧子(みどりこ)は絶世の美女で、菊池の愛人兼代作者となった。佐藤は、文春系の川端康成とも親しく、戦後は『東京の人』などを代作している。のち石井英之助(のちの六興出版社長)と結婚するが、菊池は猛反対したともいう。

倉田百三
Hyakuzo Kurata

（一八九一―一九四三）

倉田百三は広島県の生まれである。戯曲「出家とその弟子」で名をなし、『愛と認識との出発』などの宗教的・哲学的評論で若者に人気があり、戦後も一九七〇年代までは角川文庫にその著作が入っていたが、今は読まれない。

百三の妹は艶子（つやこ）（一八九六―一九八八年）といい、日本女子大学家政科に進み、菊池寛の同性愛相手だった佐野文夫とデートしたりしていた。そのため、百三が「出家とその弟子」を『新思潮』に持ち込んだ時、菊池は恨みがあるから載せなかったという。

百三は、一高へ入るが信仰・性の問題に苦悩する。その時、日本女子大で艶子と同級の逸見久子を紹介され、恋が燃え上がる。だが久子は、北海道へ行ってしまい、絶縁状をよこして、恋はついえる。大正二年（一九一三）、倉田は結核にかかって一高を退学し、広島の病院に入る。そこで神田晴子という看護婦によって慰めを受け、彼女を「お絹さん」

と呼んだ。

大正四年（一九一五）、倉田は京都の一燈園で西田天香に師事し、「出家とその弟子」を書きあげる。これは親鸞と息子善鸞を描いているが、親鸞は天香がモデルで、倉田の思想は浄土真宗というより、『歎異抄』のキリスト教的解釈と近代的恋愛思想が融合した独自の思想であった。

百三ははじめお絹と結婚し、地三という息子を得る。のち地三は俳優になるが、大正六年（一九一七）に『出家とその弟子』を岩波書店から出した百三の文名はあがり、逸見久子が帰ってきて、大正九年に、伊吹山直子が結婚式場を抜け出して百三のもとに馳せ参じ、二カ月でお絹とは離婚するが、お絹は百三の面倒を見続け、この三人の女性が百三の妻のごとくだったから、世間から「多妻主義」と批判された。大正十三年（一九二四）に百三は直子と再婚するのだが、直子は次第に精神を病み、夫婦生活もなくなる。昭和に入ってから、不眠と神経衰弱、つまり神経症に苦しみ、森田療法の森田正馬（まさたけ）を訪ねて治療を受けている。お絹はのち俳優の薄田研二（すすきだ）と結婚して高山晴子となり、俳優の高山象三（しょうぞう）を産む。

以後、倉田は政治的右翼思想へと傾いていくが、数え四十六歳になった昭和十一年（一九三六）、京都に住む十七歳の本田芳子という少女から手紙を貰う。芳子は百貨店の漆器売り場で働いていた。そこから文通が始まるのだが、この往復書簡は、百三が死んだあと、戦後になって『絶対の恋愛』の題で刊行される。少女の名は山本久子と仮名になっていた。青木正美の『肉筆で読む作家の手紙』（本の雑誌社、二〇一六）で実名が明らかになった。恐らく、本田芳子が故人となったか、その見込みの上で公表されたのだろう。

百三は昭和十一年十二月に最初の手紙を出し、自分の住所を教えて上京を促す。芳子は十二年の正月休みに上京して百三と会う。百三は芳子が気に入り、十月には京都に行って芳子と嵐山を散策、また芳子の習作を直してやったりする。

昭和十三年四月、百三は京都に行って三日間、芳子と琵琶湖などに遊び、最初のキスをする。

「私の舌はあなたの可愛い、鋭い糸切歯を痛い、甘い感覚で覚えてしまいました」

「わが舌を噛みたる君が糸切歯小さく幼なく耐へがたきかも」

「本当は私はあなたと『永久交尾』の状態でいたいのです。でも私はやはりキスもしはしませんよ」

などと、清い関係でいることを宣言する百三だったが、六月にまた京都へ行って芳子の体を求めるが拒絶され、芳子は中田という文学青年とキスをしたと告白してくる。百三はいったん、もうこれで別れましょうという手紙を書くが、追伸して、いつでも戻っていらっしゃいなどと書いている。日に三通くらい書いている。

あなたとはどうしても夫婦としか思えなくなりました。あなたは法の妻。直子は世の妻です。聖愛だからこそ、あなたのあることが、直子に申訳がたち、また直子のあることがあなたに申訳立ちます。二人とも容貌が普通の目では美しく見えない点も不思議です。（略）
私たちは既に結婚したものであることを忘れないで下さい。（略）私たちはこれまで「向い合って」いましたが、もう「ひとつのもの」になったのです。恋人同士よりもっと深くなったのです。そして「世」をも「肉」をも超えた関係に。七日に死んだのだと思えば、肉体の交りなきことも忍べるでしょう。恋人でないものが肉交するはずはないから。

七月二十二日の手紙では、封筒に入れた守り袋に、「あなたの起請文（きしょうもん）を入れて下さい。私への愛と、操と、清貧での文学的共同精進とを誓って下さい。そしてもし、操を破れば、刺し殺されても本望だということ。数行で足ります。そして小指頭の血で判して下さい。

（ごく一滴で足る）

それから、その紙切れの中に、あなたの女性としての操の、最も聖所に生える毛を（私にとっては、それは聖物です）ごく一とつまみ入れて（略）私に渡して下さい」。

実際、この聖所の毛は送られたようだ。八月十五、十六日に、二人は比叡山のホテルで密会することにし、「あなたの女としての、最後のものを、確かに私はいただきました」「既に十九の尊き処女を、あなたは、私に、ささげてくれました」。

百三は、東京に部屋を借りて芳子を呼び、密かに「新婚生活」を送る計画を立てる。小石川アパートの一室を九月に借り、芳子を待つが、この時、突然京都を発つことになったら「何時　何分　タチトウキョーヘカエル　ハガダン」と電報を打ってくれと書いているが、これは当時第三高等学校教授だった芳賀檀（まゆみ）の名を借りたのだろう。当時百三は、右翼的な「新日本文化の会」を設立し、芳賀檀もその一員だった。

芳子が家出してきて、三日ほどして、芳子の家の者がやってきて連れ去ってしまったことが、その後の百三の手紙で分かる。百三は、これからは「音羽真之助」の名で手紙を出すから局で受け取ってくれと書いているが、それ以後の手紙はない。それから五年後、百三は五十二歳で死ぬ。芳子がどうなったのかは分からないが、これらの手紙は恐らく芳子から百三に返却され、芳子の手紙も相手に返したのだろう。

二十世紀前半の知的青年の中には、恋愛つまり性欲を、宗教や哲学にからめて、つまり別のものにことよせて解決しようとする者たちがいて、倉田百三などはそのチャンピオンだったと言えるだろう。まあ今でもそういう青年はいないではないが、性欲を直視することができるようになれば、自ずと倉田の読者がいなくなるのは当然であったろう。

そういえば大江健三郎の『懐かしい年への手紙』では、妹の陰毛をお守りにしているが、これは『絶対の恋愛』から思いついたのだろうか。

＊参考文献
・倉田百三『絶対の恋愛』（一九五〇）角川文庫、一九五七
・鈴木範久『倉田百三〈増補版〉』大明堂、一九八〇
・渡辺利夫『神経症の時代―わが内なる森田正馬』ＴＢＳブリタニカ、一九九六　のち文春学藝ライブラリー

久米正雄
Masao Kume

（一八九一―一九五二）

久米正雄は、長野県上田の小学校校長の子として生まれた。だが小学校が火事になり、天皇の肖像が燃えた責任をとって父が自決、一家は母の実家を頼って福島県安積に移る。母方の祖父は、中条政恒とともに安積を開拓した人で、その孫が中条百合子（のち宮本百合子）だったから、正雄は百合子とは幼馴染だった。

「受験生の手記」を書いた久米だが、成績優秀のため、無試験で東大英文科へ進んだ。久米はまず三汀の名で俳人として名をあげ、大正三年（一九一四）に第三次『新思潮』に参加し、「牛乳屋の兄弟」で劇作家としても成功する。この頃演劇の世界で、山本有三（当時勇造）と親しかったが、山本が好いていた女優を奪いあったりした。

大正四年（一九一五）、久米は親友の芥川龍之介とともに夏目漱石宅を訪れ、最後の弟子となる。漱石はその翌年の暮れに死ぬ。中条家も東京へ移っており（「なかじょう」から「ちゅうじょう」に変えた）、百合子の父・精一郎は名高い建築家だった。中条家を訪れ、美しくはないが聡明で文学趣味のある百合子と正雄の間には恋が芽生えそうになるが、百合子が美しくないため、実ることはなかった。

漱石の葬儀の手伝いをした久米は、漱石の長女・筆子に恋をする。筆子もそんなに美しくはないのだが、漱石の娘婿になれば、印税で豊かな生活ができるからだ。だが久米はぶ男で、筆子は友人の松岡譲（一八九一－一九六九）のほうが好きだった。久米は鏡子夫人に話して、様子を見ましょうと言われたが、久米がいかに女たらしであるかといった、誹謗中傷の女名前の手紙が夏目家に届いた。実はこれは山本が妻に書かせたものだったが、鏡子夫人は気にせず、かえって久米の味方をした。漱石の弟子たち、安倍能成（よししげ）や阿部次郎、小宮豊隆らは、筆子の夫は学者がいいと思っていたから、小説を書いている久米を嫌った。芥川ならまだいいと言ったが、芥川にはすでに婚約者がいた。

久米は兄を夏目家の人々に会わせようとするがかけ違ってうまくいかず、さらに久米が書いた小説で、筆子を「婚約者」と書いたため、鏡子夫人の怒りに触れて、久米は夏目家出入り禁止となり、破談になった。

筆子は松岡と結婚することになる。松岡は新潟の浄土真宗の寺に生まれ、本名を善譲（ぜんじょう）といって跡継ぎだったが、寺を継ぐのを嫌がっていた。あたかも漱石の『こゝろ』のようになり、久米は自殺はせず、菊池寛や芥川といった仲間のところを同情乞食のように泣いて回り、年末には福島の実家へ帰ったが、寂しくて年明け早々に戻ってきた。

夏目家の婿になるつもりで、就職もしていなかったからカネもない。「時事新報」の記者をしていた菊池は、まず経済的基盤を作らねばと、久米に小説を連載させた。これが、久米と松岡の関係を下敷きにした通俗小説「蛍草」で、これがヒットした。

二年後、菊池も「真珠夫人」がヒットして、久米と菊池は、純文学出身の流行作家となった。大正十一年（一九二二）、久米は、松岡との事件を描いた「破船」を『主婦之友』に連載し、その単行本はベストセラーになった。数年後に松岡も、長編『憂鬱な愛人』で同じ題材を松岡側から描き、久米が書かなかった都合の悪いことも書いた。だが世間は久米に同情した。

翌年、久米には新橋藝者の奥野艶子という恋人ができ、結婚間近だったが、関東大震災で艶子の家が焼け、結婚は無期延期となりかけたところ、周囲の助言で披露宴をあげた。久米の兄は電力技師で、北海道へ赴任していたため、久米が母を引き取ったが、結婚後すぐ母が脳溢血で寝たきりとなり、以後長く母の面倒をみて苦労した。

艶子の妹は、文藝春秋社にいた永井龍男と結婚した。だが久米は、私小説こそ純文学の精髄だと言いつつ、自分では私小説が書けず、通俗小説を量産した。金持ちで、愛嬌のあるひげ面で、「人気者」だったが、文壇からはバカにされていた。

芥川が自殺した時、遺書の宛人は久米だった。久米はその後、純文学私小説の連載を始めるが、妻への遠慮があってか、中絶し、本にもならなかった。久米に愛人がいたこともあったようだが、久米はそういうことを小説には書かなかった。

久米は戦後、鎌倉文庫の社長になるが、松岡と和解し、当時三十年だった漱石の著作権が切れた際、岩波書店を相手に松岡と共闘し、夏目漱石賞を創設したが、一回で終わり、菊池のあとを追って六十歳で死んだ。

松岡は、鏡子夫人から話を聞いて『漱石の思い出』としてまとめたり、『敦煌物語』を書いたりした。その子には、松岡陽子マックレインや、半藤一利の妻がいる。

＊参考文献

・小谷野敦『久米正雄伝　微苦笑の人』中央公論新社、二〇一一

芥川龍之介

Ryunosuke Akutagawa

（一八九二―一九二七）

芥川は、東京の牛乳店・新原家に生まれるが、実母が発狂するという悲劇があり、伯父の芥川道章（どうしょう）の養子になった。成績優秀で、東大英文科を二番で卒業した。最も親しかったのは久米正雄で、ほか菊池寛、成瀬正一（せいいち）、松岡譲と第四次『新思潮』を興し、晩年の夏目漱石に師事して作家的出発をした。久米とは、一緒に吉原へも行っていたようである。

二十三歳の東大生の芥川は、吉田弥生という少女に恋をするが、芥川家の反対でこの恋に破れ、心に傷手を負う。

卒業後は、生計のため海軍機関学校で英語を教え、のちに「大阪毎日新聞」社員となり、小説を書くが、漱石のように長編を書く作家ではなかったから、生活はさほど楽ではなかったようだ。二十六歳で塚本文（ふみ）と結婚するが、これは軽い恋愛結婚である。田端での結婚式は簡素で、というのはその頃親友の久米が、漱石の娘に失恋していたため遠慮したのだ。

芥川は、文学的教養がないことを恥じる文に、そんなものはなくていい、という手紙を書いている。のち三島由紀夫も、妻は文学のことなど分からないほうがいいと言っているが、果してそうか、疑問である。

芥川は、初期においては古典に題材をとったものを書き、後期には私小説的なものも書いたが、恋愛小説と言えるものはほとんど書いていない。久米や菊池のように、戯曲を多く書くことはなかった。

芥川の愛人で、「狂人の娘」と「或阿呆の一生」に描かれているのが、秀しげ子（一八九〇－一九七三）である。結婚の翌年に岩野泡鳴を中心とした十日会で会っており、秀文逸という帝国劇場の電気技師の夫があり、短歌などを作っていた文学婦人だった。体は小づくりで、ちんまりした顔に上唇が出た顔つきだが、芥川は気に入って、広津和郎に紹介してもらう。芥川はしげ子と密会するようになるが、しげ子は文士が好きな淫蕩な女で、南部修太郎という、芥川の弟子筋だった作家とも関係していた。写真を見ても、美人ではなく、むしろ淫蕩な女という感じがする。

しげ子には男の子が生まれるが、それが芥川の子だとほのめかすようなことを言い、芥川を苦しめた。何しろ姦通は刑事の罪になり、北原白秋のように下獄することもあるのだ。

しげ子は、広津和郎も誘惑したことがあったらしい。

つまり関係をもってしまうとまとわりつかれ、散々苦労したということになっている。こういう、作家周辺の女性は、近ごろでは、文学者として再評価しようという動きが盛んだが、結局は三流の文学者でしかないのが普通である。しげ子との関係は大正十年ころまで続いたらしい。

次に芥川が近づいたのは、年長の歌人・片山廣子（ひろこ）で、別名・松村みね子（一八七八－一九五七）でアイルランド文学の翻訳もしていた人妻である。廣子は芥川の十四歳年上で、夫の片山貞次郎を亡くしたあと、芥川と出会って恋をしたのは四十六歳の時である。芥川も、新潟にいる廣子を偲んだ旋頭歌（せどうか）「越びと」二十五首を残しており、廣子とは肉体関係はなかったとされる。むしろ、芥川を父、廣子を母、廣子の娘・総子を恋人に見たてた堀辰雄の「聖家族」があり、堀のほうが影響が大きかったようである。

芥川に「南京の基督（キリスト）」という短編があり、芥川は大正十年（一九二一）に中華民国へ渡っているから、それで書いたのかと思うと、これは行く前に書いたのである。というのは、芥川より先に谷崎潤一郎が行っており、作品を書いたから、それに倣って書いたのだ。谷崎の「ハッサン・カンの妖術」が出ると、そこに出てくるマティラム・ミスラが登場する

「魔術」を書くなど、芥川は谷崎に憧れていた節がある。芥川は、エリートで、世間体を気にするから、悪魔派と呼ばれ、さして外面を繕わない谷崎に憧れたのであろう。

自殺した昭和二年（一九二七）、芥川は谷崎と「筋のない小説」について論争していたが、それより前、講演のため大阪へ下って、宿で谷崎と話していると、芥川のファンの人妻が訪れた。それが根津松子だったが、谷崎のほうが熱心に会いたがり、一緒にダンスホールへ行ったが、もっぱら谷崎が松子相手に踊り、芥川は壁の花だった。

芥川の自殺は、かつてその遺書に「ぼんやりした不安」とあったのが、それからの軍国主義の台頭を予言した、などという戦後左翼的な解釈がされていたが、当時はプロレタリア文学の全盛期で、そんなバカなことはない。芥川の周辺には心労を招く事件がいろいろ起こり、芥川も狂気にとりつかれていたのだ。

自殺も二段階で、はじめは帝国ホテルで、秘書の平松麻素子（ますこ）と心中しようとしたところを、妻文子と画家の小穴隆一らが駆けつけて止めたというが、麻素子というのは、芥川が自殺しそうで心配になった文子が、芥川につけたのだが、二人の間に関係はなく、麻素子は処女で乳が小さかったという。それで、麻素子は最後には怖くなって、文子らに告げて自分は逃げてしまった。

しかし、ということは秀しげ子は小柄だが乳が大きかったということだろうか。実母の味を知らない芥川が大きな乳の女を好んだとしたら、いたましい話である。

なお芥川の自殺は、ヴェロナール、ジアールといった睡眠薬を用いたと言われていたが、山崎光夫は『藪の中の家』で、それでは死ねないから、青酸カリなどの毒物だったろうとしている。秀しげ子は、その葬式にも来たという。

谷崎は「いたましき人」と芥川を悼んでいるが、そこで言うように、芥川は、女経験を赤裸々に描いて小説にしてしまうといったたくましさが欠けていた。

＊参考文献

・松本清張『昭和史発掘1』文藝春秋新社、一九六五　のち文春文庫

第三章　明治生まれII

——日清戦争前まで&長命(七十歳超)

徳田秋聲
Shusei Tokuda

（一八七一－一九四三）

　秋聲は、本名・末雄、金沢出身で、泉鏡花、室生犀星とともに、金沢が生んだ三大文豪とされている。尾崎紅葉に師事したが、紅葉が死ぬと自然主義派に移り、そのため紅葉のロマン主義を受け継いだ鏡花とは犬猿の仲になった。だが、自然主義作家になってからも、生計のために通俗小説を多く書いたから、作品の数は膨大である。

　一般に読まれている作品『足迹（あしあと）』『あらくれ』『黴（かび）』『爛（ただれ）』などは、だいたい下層の女が転落して娼婦になるとか酌婦（しゃくふ）になるとかいった、陰鬱な小説で、いぶし銀のよう、と言われ、『徳田秋聲伝』を書いた野口冨士男や、日本の小説では紫式部、西鶴、秋聲だと言った川端康成など、ファンは少なくない。

　若い頃は吉原へ出入りしたが、三十一歳の時に小沢さちという女中を雇うと、その娘のはまが出入りするようになり、事実上の夫婦となり、長男の一穂（かずほ）が生まれたあと入籍した。

それから全部で四男三女が生まれ、四男の雅彦は文藝春秋の編集者として川端康成などを担当し、次女喜代子は作家の寺崎浩と結婚、寺崎は川端の『雪国』の劇化に際して脚本を書いた。

大正の末になって、山田順子（一九〇一-六一）という女が、大部の小説の原稿（千五百枚とも）を持ち、秋聲が『婦人之友』の選者だったことから、出版のあっせんを頼むためやってきた。順子は秋田県出身、増川才吉という東大卒の男と結婚して小樽に住んでいた。二十代前半で、しかし刊行はままならず、いったん帰るが、夫が破産して離婚し、順子は足立欽一という聚芳閣という出版社の社長と関係を結んだ上で小説『流るるままに』を、秋聲、菊池寛らの序文を貰い、竹久夢二の装幀で刊行してもらった。だが、その縁で順子は夢二に夢中になり、同棲するが、夢二にはほかに愛人がいたのでいったん郷里へ帰った。ところが大正十五年（一九二六）、秋聲の妻はまが四十六歳で急死すると、順子は再び秋聲のもとへ来て住み込み、愛人関係になり、秋聲は「元の枝へ」などの「順子もの」と呼ばれる私小説を書くようになり、新聞でも艶種として取り上げられた。

さて、勝本清一郎（一八九九-一九六七）という、のち文藝評論家になった、慶大出身の青年がいたが、永井荷風の二人目の妻で、のち藤蔭静枝として舞踊で文化功労者になった藤間静枝が、荷風と離婚したあと勝本の愛人になった。二十歳も年上だが、勝本は静枝のために舞踊脚本を書いたり、二人の関係を小説にして『三田文学』に発表したりしていたが、山田順子が、秋聲を離れてこの勝本に近づき、勝本は静枝と別れて順子の愛人となる。だが、のちの『座談会明治文学史』で、勝本と柳田泉がホスト役でゲストの話を聴いていたのに、秋聲のところへ来ると勝本自身が、秋聲から順子を押しつけられたのだ、と証言するという珍奇なことになる。もっともそれより前に、順子は慶大生の井本威夫（たけお）と結婚すると報道されていたりする。

秋聲が、山田順子との関係を集大成したのが『仮装人物』（一九三五）だが、これほど、テクスト論の無力を明らかにする小説もあるまいと思えるほど、モデルについて知らないとわけの分からない小説もない。この頃秋聲は、待合の女将の柘植（つげ）そよ（三十三から三十五歳）という女を第二の愛人としており、これも小説に出てくるのである。

山田順子は、秋聲没後、一九五四年に『女弟子』を自費出版し、同じ題名でまとめりあ社からもっと赤裸々なのをほぼ同時に出している。

柘植そよは「水ぎわの家」と呼ばれている待合を経営して、秋聲は晩年までここに通っていたが、昭和六年に白山（はくさん）の藝者・小林政子を知り、こちらも晩年までの愛人となり、

『縮図』（一九四一）の銀子のモデルとした。

野口冨士男によると、秋聲が関係した女は、娼婦を除くと七人いて、妻はま、順子、そよ、政子のほか、大阪の長洲家の次女、『何処まで』のヒロイン、「挿話」のモデル清川イトだという。『何処まで』のヒロインとは、再会してまた関係をもち、双子を産ませている。

作家（男）にとっては、女（男）を知ることは小説に使うという意味合いもあり、川端の『雪国』なども典型的な例だが、本当に好きでつきあったのか、小説に使うつもりだったのか、女（男）としては気になるだろうが、双方あいまってということが多いようだ。しかし秋聲の場合、水商売の下層の、必ずしも美しくない女が主で、さして羨ましさも感じない。

＊参考文献
・野口冨士男『徳田秋聲伝』筑摩書房、一九六五
・同『徳田秋聲の文学』筑摩書房、一九七九

島崎藤村
Toson Shimazaki

（一八七二―一九四三）

藤村・島崎春樹は、信州馬籠の本陣の出だが、最近馬籠が岐阜県に編入されたため、岐阜県出身と書かれることになって、長野県の人が困っている。だが、藤村が生まれた時の馬籠は筑摩県で、そのあと長野県になったのである。

父は平田篤胤の国学を信奉しており、四男の春樹は幼くして東京へ出て、明治学院に学び、北村透谷、戸川秋骨、平田禿木など『文學界』の青年たちと交わり、透谷の恋愛思想に影響を受けた。二十歳で明治女学校の英語教師となるが、教え子の佐藤輔子に恋をして苦しむことになる。そのため教職を辞して放浪、自殺も考えるが、その間に輔子は結婚して札幌に行き、若くして死んでしまう。

その後、仙台の東北学院、小諸義塾の教師となり、秦冬子と結婚して多くの子供をもうける。三十三歳で上京し、『破戒』を執筆して、刊行のための費用を捻出しようとするが、この間に、三人の女児が病気のため相次いで死ぬ。この時の様子は『家』に描かれている。そういう大変なところへ、長兄・秀雄の長女・いさ子が手伝いに来るが、妻冬子が函館の実家へ行って留守の間に、藤村は衝動的にいさの手を握ってしまう。三十八歳の年、妻冬子は四女を産んで急死する。次兄・広助のところから、長女の久子と次女こま子が手伝いに来た。先のいさは、西丸家に嫁ぎ、その息子が、西丸四方（しほう）、島崎敏樹、西丸震哉の精神科三兄弟である。

さて、姉の久子は、嫁に行ってしまい、島崎家に藤村とこま子が残された。ここで藤村は、性欲抑えがたく、こま子と男女の関係になってしまい、こま子は妊娠を告げる。大正二年（一九一三）、四十一歳の藤村は、これまで自費出版で出していた著書の版権を新潮社に譲渡し、そのカネでフランスへ逃亡した。香港から、こま子のことを兄広助に告げる手紙を出し、こま子は男児を出産するが、子は養子に出され、このことは伏せられた。

藤村が帰国したのは三年後だが、ここで、またこま子と関係してしまう。さらに二年後の大正七年（一九一八）、藤村は長編小説『新生』を「東京朝日新聞」に連載し、その中で、姪を妊娠させたことを書いた。友人の田山花袋はそれを読んで、島崎君が自殺する、と思って駆けつけた。だが自殺はせず、兄広助は怒って藤村を義絶し、こま子を台湾にいる秀雄のもとにやった。

　その後藤村は加藤静子と再婚して終生添い遂げるが、こま子のほうは大変で、翌年秀雄とともに台湾から帰ってくると、羽仁もと子の家に炊事婦として住み込み、流転の人生を送り、昭和十二年（一九三七）、四十歳を過ぎて病気と貧困のため養育院に収容され、これが新聞ネタになって、藤村への非難が起きた。藤村はその時六十五歳で、新設の帝国藝術院会員に推されたが辞退した（三年後再度推され受諾）。

『新生』を何も知らずに読むと、たいていの人が驚愕して、何だこの男は、と思う。昭和二年に芥川龍之介が自殺した時、遺稿の『或阿呆の一生』に、「『新生』の主人公ほど老獪な偽善者に出会ったことはなかった」とあった。これは藤村の『新生』のことだとされている。藤村は、これについて書いており、この『新生』が私の『新生』のことだとすれば、としている。だがこれは、ルソー、ヴィヨンの間にはさまっており、ダンテの『新生』のことだろう。ダンテは、少年の頃街角でベアトリーチェに会って恋をした、と言い、その後別の女と結婚していて、ベアトリーチェへの恋を語るのだが、藤村のどこが「老獪な偽善者」だろうか。むしろ、社会から葬り去られる危険を犯して罪の告白をしたのである。

　藤村には「ある女の生涯」という、気が狂って死んだ姉を描いたものもあり、島崎家には淫蕩と狂気の血が流れているとされる。藤村からは姪の子にあたる、先の西丸四方や島崎敏樹は精神病理学者になったが、四方は、藤村の母が、夫以外の男と密通していたということを明らかにした。藤村の父も、『夜明け前』に描かれたように、最後は狂気して座敷牢で死んでいく。

こま子は社会運動家の長谷川博と結婚し、一九七九年に死去したが、藤村との間の子がどうなったのかは、皆目分からない。

＊参考文献

・梅本浩志『島崎こま子の「夜明け前」－エロス愛・狂・革命』社会評論社、二〇〇三
・伊東一夫『藤村をめぐる女性たち』国書刊行会、一九九八
・西丸四方『島崎藤村の秘密』有信堂、一九六六

柳田国男
Kunio Yanagita

（一八七五―一九六二）

私は昔から、柳田国男が嫌いである。これは、若い頃は好きだったが嫌いになったのではなく、はなは大して興味がないところへ、世間で柳田が好きだという人がいるので、ぼちぼち読んでみたが面白くない。だが世間では面白いと言う。なかんずく、上野千鶴子などが、柳田の『明治大正史　世相篇』の中の「恋愛技術の消長」などを称揚したり、柳田が、若い頃からの友人だった田山花袋の「蒲団」を批判した、といったことを持ち出して大塚英志が私小説を批判したりするから、ますます柳田が嫌いになった。

柳田は元は松岡家に生まれ、弟に画家の松岡映丘（えいきゅう）らがおり、東大を出て農商務省の官僚になり、経世済民（けいせいさいみん）の学としての民俗学を創始し、多くの著述をなした。

一高時代の松岡国男は、四歳年長の花袋と親しい新体詩詩人であった。そのころ国男は、千葉県布佐（ふさ）（現我孫子（あびこ）市）の少女に恋をしたらしく、それをもとに新体詩を多く作っていた。明治三十年（一八九七）には、花袋、独歩らと詩集『抒情詩』を刊行している。この少女については、花袋の小説『野の花』（明治三十四年＝一九〇一）に描かれているのだが、一九九一年に『田山花袋宛柳田国男書簡集』が出て、事実は明らかにされた。

岡谷（おかや）公二によると、柳田が恋していた少女は、母をなくした伊勢いね子で、実家は魚屋で、柳田が恋したころは十五歳、のち十八歳で結核のため死んでいる。

『野の花』にはもう一人、主人公に激しく恋し、いったんは婚約までするのだが、主人公が断ってしまう女が出てくるのだが、岡谷の推定では、これは松岡家（凌雲堂医院）の隣の家の松島蝶子ではないかという。若いころの国男は、白皙（はくせき）の美青年だったという。

だが重要なのは、東大を出て柳田家の婿となった国男が、こういう若いころの恋の隠蔽に努めたということで、花袋が自分をモデルにした小説を書くのを迷惑だと言い、筑摩書房の『定本柳田国男集』にも若いころの新体詩は入れられず、ちくま文庫の『柳田国男全集』で入れられている。また文学に対しては冷淡な態度をとり、弟子には小説を読むことを禁じ、同時代の日本文学にも特に関心を示さなかった。泉鏡花とはお化けの話をしたことがあるが、特に恋愛には無関心の態度をとった。「新潮日本文学アルバム」というシリーズには、柳田、折口信夫、南方熊楠が入っているが、小説や短歌も書いた折口はともかく、柳田が入っているのは不可解である。

「恋愛技術の消長」は、いわば近代的恋愛の否定である。民俗学には概して前近代美化の傾向があるが、これなどは、前近代の農村では若者宿や娘宿があって、性的成熟の手伝いをするシステムがあったとするもので、ここから、一九八〇年代から九〇年代に、民俗学や社会学の世界で、夜這い制度礼讃などが生まれたのだ。だがそれは、半ば強姦に近いものが多かった。そういう意味で、「恋愛技術の消長」は、恋愛を恥じた柳田の負の遺産である。

というわけで、柳田が文学や恋愛と決別した事情を知って、私はますます柳田が嫌いになったのであった。

＊参考文献

・岡谷公二『殺された詩人　柳田国男の恋と学問』新潮社、一九九六

永井荷風
Kafu Nagai

（一八七九－一九五九）

荷風、永井壮吉といえば、狭斜(きょうしゃ)の巷に遊び、多くの藝者・娼婦と関係をもち、最後は独身のまま孤独に死んだ文学者として、妻を恐れる男たちから憧憬の念をもって見られている。

荷風の父・永井禾原(かげん)（久一郎）は、漢詩人であり実業家であって、長男の壮吉（荷風）は、生涯遊んで暮らせるくらいの遺産を受け継いだから、生活のために小説を書く必要がなかった。西洋ではこういう「年金生活者」をランティエというが、角川春樹事務所から『ランティエ』という雑誌が出ていた（今はPR誌）のも、これに憧れる男たちがいたからだろう。

大学へは進まず、落語家になろうとしたり、歌舞伎座へ入って狂言（歌舞伎台本）作者になろうとしたりして、かたわら吉原へ通うという遊蕩児で、新聞記者になって小説を書いた。

二十四歳の時、父は、銀行家にするつもりで、荷風をアメリカへ留学させる。ミシガン州のカラマズー大学に学んだり、公使館に勤めたりと放浪生活を送り、イデスというアメリカ人の愛人を作ったりして、当時文化の中心とされたフランスへ渡ろうと考え、二年ごしで父に頼んでフランスへ渡り銀行に勤務するが、ついにその生活に耐えられず、五年の欧米滞在ののち、三十歳近くなって帰国。『あめりか物語』を出して文名が上がった。

続いて『ふらんす物語』も刊行しようとしたが、これは性的表現のため発禁になる。荷風はその年、新橋板新道の藝者・富松（吉野コウ）となじみを深める。翌明治四十三年（一九一〇）、慶應義塾大学が文学部を刷新するため、三十一歳の荷風は教授に招かれ、『三田文学』の編集に当たる。慶應の人から「早稲田に負けないようがんばってください」と言われ、こいつは文藝を野球のように思っている、と軽蔑する。この年、谷崎潤一郎がデビューし、荷風はその「刺青」を激賞したので、谷崎は荷風を師と仰いだ。その秋、荷風は新橋の藝妓巴家八重次（ともえややえじ）（金子ヤイ）となじみになり、富松は金持ちに落籍された。

明治四十五年（大正元年＝一九一二）九月には斎藤ヨネと結婚するが、これは材木商の娘の素人女で、父の言うままに結婚したのだったから、八重次はあいかわらず妾としていた。だがその翌年一月、父が急死したため、すぐにヨネと離婚し、大正三年（一九一四）には金子ヤイとの結婚披露をおこなった。だが弟の威三郎は荷風に不満を抱き、そのため親類から遠ざかる結果になる。

しかしそのヤイとも翌年離婚、ヤイはのち、藤間流の舞踊家・藤間静枝として名をあげ、大正末には年下の慶大生・勝本清一郎の愛人となり、勝本の台本で舞踊の会などを開いた。荷風の結婚はこの二度だけである。大正五年には慶大教授も辞め、いよいよ世間から遠ざかり、井上唖々（ああ）など親しい奇人との交わりが主となる。藝者ものの小説を書くが、『腕くらべ』には、混浴の温泉で藝者が、自分の旦那と間違えて新婚夫婦の夫にフェラチオしてしまう場面がある。

荷風は麻布に偏奇館という奇妙な建物を建てて住み、日記「断腸亭日乗」を死ぬまで書き続ける。「雨瀟瀟（あめしょうしょう）」という短編は、そんな荷風の独身生活を描いた佳作だが、谷崎はこれを読んで、その孤独な生活ぶりにぞっとしたという。女性崇拝家の谷崎は、女性を玩弄物視する荷風の考え方は理解できないと言っている。

昭和二年（一九二七）から六年までは、三番町の藝妓寿々龍（すずりゅう）（関根歌）になじみ、「つゆのあとさき」を書いた。荷風も五十を越え、そのあとが、玉ノ井の下級娼婦「ゆき」との出会いと、それによって書かれた『濹東綺譚』の「朝日新聞」連載になる。

新藤兼人の映画『濹東綺譚』は、この作品を中心に、荷風の死ぬまでを描いた作品で、墨田ユキが美しいいし私は好きだが、墨田ユキも消えてしまった。

昭和二十年、東京大空襲で偏奇館が焼け、荷風は岡山に疎開し、津山に疎開していた谷崎を訪ね、谷崎と別れて汽車に乗ったのが八月十五日午前十一時過ぎだった。

戦後は市川に住んだが、文化勲章を受け、昭和三十四年、八十歳で、自宅で死んでいるのを発見された。

＊参考文献

・秋庭太郎『永井荷風傳』春陽堂書店、一九七六

斎藤茂吉
Mokichi Saito

（一八八二―一九五三）

斎藤茂吉は、近代日本最大の歌人とされている。山形県出身で、東大医学部を出た精神科医で、青山の青山脳病院へ養子に入り、そこの娘・輝子（一八九五―一九八四）と結婚した。輝子は十三歳年下で、結婚の時茂吉は三十二歳、輝子は十九歳である。長男が斎藤茂太、次男が作家の北杜夫（本名・斎藤宗吉）である。万葉調の歌人として名声高く、晩年には柿本人麿研究にも業績を残した。中野重治の『斎藤茂吉ノオト』は、茂吉短歌のエロス性を指摘して必読の書である。

大正十一年（一九二二）から二年間、茂吉は精神医学を学ぶためヴィーンに行き、医学博士号をとるのだが、オーストリア生活では、当地の女とも適度に遊んだようだ。茂吉は四十歳からだったが、前田茂三郎という二十三歳のドイツ語の堪能な若者と知り合い、かなりの往復書簡があって、カフェの女、下女など下層の女とのセックスを楽しんだようである。茂三郎の手紙には、つきあっている女から「ゴーチン」されたなどとも書いてある（青木正美『肉筆で読む作家の手紙』）。

昭和八年（一九三三）、「ダンスホール事件」が起こる。東京のフロリダダンスホールで、華族の夫人らが不純恋愛を行っていたとして警察に摘発され、その仲間には妻の輝子も交じっていた。輝子は三十八歳になる。

世に名高い茂吉中年の恋は、昭和九年（一九三四）、茂吉五十二歳の年の九月、向島での子規忌歌会に永井ふさ子（一九〇九-九三）が初めて参加した時からのことである。ふさ子は当時二十五歳、松山の人で婚約者があったが、茂吉からの熱烈な書簡が多く残っている。

「ふさ子さんは玉のやうな処女だからです。美しくて純粋で透明だからです。（略）さういふ純粋ですから、東京の連中に『若し恋愛をしてゐるなら、友情として打明けなさい、さうすると、力をかしませう』などといはれるのです。あなたがそんなことをうつかり云ったら、ひどいめにあひます。誰が真剣に心配などしますか、ただ興味本位で、同情の仮面をかぶつて悪戯をし、いぢめるだけです。このことは、僕のやうな老翁でないと観破が出来ないのです」

ふさ子は伊豆の姉のもとへ来て、さらに東京渋谷に住むようになり、茂吉との関係も肉体をともなった。

「ふさ子さん！　ふさ子さんはなぜこんなにいい女体なのですか。何ともいへない、いい女体なのですか。どうか大切にして、無理してはいけないと思います。玉を大切にするやうにしたいのです。ふさ子さん。なぜそんなにいいのですか」

弟子たちはこの恋愛事件を知っていたが、斎藤家の人々が知ったのは、一九六三年にふさ子が『女性セブン』に手記「悲しき愛の記憶に生きて」を発表し、『小説中央公論』に百二十二通の書簡が掲載された時のことであった。ふさ子は生涯嫁ぐことなく、九三年六月八日に八十四歳ほどで世を去った。

＊参考文献

・北杜夫『茂吉彷徨』岩波書店、一九九六　のち現代文庫
・永井ふさ子『斎藤茂吉・愛の手紙によせて』求龍堂、一九八一

川田順
Jun Kawada

（一八八二–一九六六）

「老いらくの恋」の人である。漢学者・川田甕江（一八三〇–九六）の子として生まれ、東大法学部卒、住友本店に入り、会社員として出世するかたわら、佐佐木信綱に師事して短歌を作った。

古典短歌の研究でも一家をなし、皇太子の作歌指導にも当たり、実業家文学者として存在感があり、京都に住んでいたため、文士が関西へ講演のため出かけたりすると、川田が世話をした。昭和十一年（一九三六）に住友を退社、昭和十六年（一九四一）に妻和子を亡くしてやもめ暮らし、その後、短歌の弟子となった、京都帝大経済学部教授の中川与之助（一八九四–一九六八）の妻・俊子（一九〇九–二〇〇八）と恋仲になってしまう。

俊子は旧姓・鈴鹿で、十七歳で中川と結婚し二女一男があった。川田には周雄という養子がいた（のち京大教養部英語教授）。俊子が川田に師事したのは昭和十九年だが、戦後、ナチス経済などの研究をしていた中川が公職追放になり京大を辞職、その間に、俊子と川田との恋が燃え上がる。俊子は昭和二十三年（一九四八）八月、離縁されて実家へ帰り、川田と結婚することになっていたが、川田は苦悩し、友人の谷崎潤一郎、新村出（しんむらいずる）、富田砕花に遺書と歌稿を送り、十二月三日、家出して岡崎真如堂に身を寄せ、自殺をはかっていたところ、周雄に発見される。川田の詩の一節「墓場に近き老いらくの恋は怖るる何ものもなし」から「老いらくの恋」と呼ばれて新聞記事になった。川田は六十六歳、俊子は三十九歳であった。この「老いらくの恋」と命名したのは、産経新聞記者だった福田定一（司馬遼太郎）だという。

谷崎は熱海にいたが、新聞を見て「月中頃帰る、勇気あれ」と打電した。富田は、十一月二十九日に川田から電報、十二月一日に葉書、二日に手紙と遺書めいたものが届いたので、二日に川田家を訪ねると、家人を通じて、いま誰にも会いたくない、シェイクスピアを読んでいる、と返事があった。ところが、文書によっては、十一月三十日に家出したとしているものもあり、このへんは曖昧である。

この前年、谷崎、新村と吉井勇が天皇に会った時に川田は陪席している。俊子が離婚した時の吉井から谷崎宛の手紙には、川田の様子を見に行って話したが、太宰のようにはなるまい、少々自分勝手な所もあり、とある。六月に太宰治が心中したところだった。

中川与之助は、新聞の取材にこう答えている。「川田氏が、何人も子供のある家庭の母親であることを知りながら、昨夏ごろから歌作りにかこつけるなどいろいろな手段で彼女を誘惑したことを私は知つていた。その間何回も妻は〝すまなかつた〟と前非を嘆いたこともあつたが、その度ごとに川田氏の誘い出しはひどくなり、気の弱い彼女の完全な敗北となつた、二人の結婚は彼らの良心が許したらやつたらよいだろう」（「朝日新聞」）。

結局川田と俊子は結婚して神奈川県国府津（こうづ）に住んだ。三人の子供は中川のもとに残され、中川のほうは、島根大学の教授となって赴任、『苦悩する魂の記』を刊行した。中川は右翼的な人なので、戦後社会の価値の崩壊がこのような悲劇を生んだのだと書いており、この書の最後には、嫁入ったばかりの長女・四方真生子（しかたまおこ）の文章もついている。夫の四方は京大経済学部卒、中川の教え子で、実業家になるが、五十代で死んだらしい。長男・尚之は昭和十年（一九三五）生まれ、『決断　阪神大震災・ある被災企業の七百二十日』（ビジネス社、一九九七）の著書があり、慶大法学部卒、日本テレビ放送記者を経て住友ゴム工業入社。総務課長、広報部長、総務部長という経歴が一致し、早瀬圭一は著書で「N」のイニシャルを使っているが、名の読みは「たかゆき」となっている。

中川は女医と再婚する。島根大学を定年となり、甲南大学教授、経済学部長を務めたが、昭和三十一年（一九五六）暮れ、脳溢血で倒れ、車椅子での生活となる。女医が中川の身の回りの世話のために連れてきた増田冬子は、中川が女医と別れたあと中川と結婚する。温泉療養の目的もあり引っ越した城崎で、冬子は毎日温泉に連れて行き、長時間にわたってマッサージを施すなど、献身的な介護を続けた。中川が死んだのは昭和四十三年（一九六八）、三十八歳で寡婦となった冬子は、甲南大学の人の世話で城崎温泉で働いていたという（早瀬圭一『過ぎし愛のとき　淑女の履歴書』）。

川田は若い頃、徳川慶喜の娘・国子と恋愛をしている。国子は大河内子爵に嫁いだため、それ以後は不倫に近い関係になる。川田順の事件時、新村出は川田を許さず、それは川田の恋人だった徳川国子が新村の初恋の人だったからである。その後川田が和子と結婚してからも、国子との恋愛めいた関係は続いたようだ。川田は自叙伝を『葵の女』と題している。

一九九四年に、辻井喬（たかし）つまり堤清二がこの事件を題材に『虹の岬』という長編小説を出し、谷崎潤一郎賞を受賞したが、選考委員の丸谷才一が暗に諷した通り、小説の技術はいまだしである。実業家にして文学者ということで川田に関心をもったのだろうが、辻井もまた、セゾンの活動で評価された人で、文学の実力は疑わしい。特に、この時は鈴鹿俊子がまだ生きていた。九九年に、三國連太郎と原田美枝子で映画化されたが、あまり話題にならなかったのは、川田順が忘れられた人だからだろう。

この小説と映画では、川田は剃刀で首を切っているのだが、当時の新聞報道にそんなことは書いていない。中川も「自殺的行為」と書いているだけで、妻和子の墓に頭を打ちつけただけらしく、自殺未遂とは言えないだろう。

どうも川田の「自殺」は、友人らに遺書めいたものを送り、結局自殺しないで発見されるなど、狂言じみている。川田の社会的名声は高く、吉井、中川の話を聞いても、あまり川田が純粋に苦悩して本気で自殺をはかったとは思われず、むしろ無意識に世間の同情をひこうとした結果であろう。

＊参考文献
・『朝日新聞一〇〇年の記事にみる恋愛と結婚』朝日新聞社、一九七九
・川田順『葵の女　川田順自叙伝』講談社、一九五九
・鈴鹿俊子『宿命の愛』実業之日本社、一九四九

・同『黄昏記　回想の川田順』短歌新聞社、一九八三
・中川与之助『苦悩する魂の記』山口書店、一九四九
・早瀬圭一『過ぎし愛のとき　淑女の履歴書』文藝春秋、一九九〇
・新村恭『広辞苑はなぜ生まれたか――新村出の生きた軌跡』世界思想社、二〇一七

中勘助

Kansuke Naka

（一八八五―一九六五）

川端康成は、東大国文科卒で、教授から、国文科を出て作家になるのは君が初めてだと言われたが、実は中勘助がいた。

中勘助といえば『銀の匙』が妙に有名だが、『提婆達多（でーばだった）』とか『犬』とか『鳥の物語』とか、インドの古典や寓話に託して、人間の醜悪な面や愛欲を描いたものがくろうと受けする。

富岡多恵子の『中勘助の恋』は、そういう中の裏面を初めて細かに書いたものだが、とにかく中は晩婚だった。五十八歳で初めて結婚している。それも理由のあることで、中には金一という兄がいたが、若くして脳溢血のため、正常な生活が送れなくなった。兄には妻・末子もいて、中は家のために嫂を支えなければならなかったのだ。

そして中が五十七歳の昭和十七年（一九四二）、末子は六十歳で死去し、そのあと中は結婚するのだが、その結婚式の日に兄は首つり自殺してしまう。これについて、中は嫂が好きだったので、嫂が死ぬと結婚したのであり、捨てられたと思った兄が自殺したとされる。

その一方、中の友人の江木定男の娘・妙子相手の「ロリコン」ぶりもかなりのものである。角川文庫に中の『母の死』というのがあるのだが、そこに日記体の「郊外」というのが入っていて、そこに、江木家を訪ねたりしての、三十三歳の中と九歳の妙子のいちゃいちゃぶりが描かれている。

私はもう可愛くてかわいくて後ろからできるだけしっかり抱きしめるのを平気な顔で自分の持ってきた雑誌を読んでいる。(略) 妙子さんはドーナッツをふたつつもっている。それを私にくれるといって前歯で半分くわえて

「うー」

と後ろを向きながら口をさし出す。私はその外へ出てる半分をくわえて、そして二人いっしょにコリコリと噛みきってたべる。

＊

「こいつめ」
てなことをいいながらひとを押し倒そうとする。結局また膝にのって綴り方の題だけかくして　あとは読んでもいい　という。
「日本晴」という言葉があったので
「生意気なことを知ってるのね」
といえば急に元気づいて
「え、どうれ」
ときく。妙子さんははしゃぎだした。なにかでちょっとほかへ立っていったが帰ってきて題のほうを見たろう　といってまたひとを押し倒そうとして頚ったまにかじりついてくる。

この妙子は、のち猪谷（いたに）善一（一八九九－一九八〇）に嫁ぐが、中の嫂の死のすぐあとに、三十三歳で急死している。しかも富岡によると、中は妙子の母万世から求婚されたこともあり、同じ漱石門下の野上弥生子も、中に恋していたという。中勘助の女関係は、幼女をふくめて不気味である。

＊参考文献

・富岡多恵子『中勘助の恋』創元社、一九九三　のち平凡社ライブラリー
・菊野美恵子「中勘助と兄金一――『銀の匙』作者の婚礼の日、兄が縊死した…衝撃の新事実」『新潮』二〇〇一年七月

谷崎潤一郎
Junichiro Tanizaki

（一八八六―一九六五）

谷崎は「大谷崎（だい）」と呼ばれるが、これは偉大だからではなく、弟の精二も作家だったから「大デュマ」「小デュマ」と同じように区別のために言われ始めたのである。

日本橋の裕福な商家の生まれで、父は婿養子、母方の祖父がやり手だったが、祖父が死んだあと、家が没落するが、成績優秀だったため援助があって、東大国文科へ進み、大貫晶川（しょうせん）（岡本かの子の兄）や和辻哲郎らと第二次『新思潮』を出し、二十五歳で「刺青」を発表し彗星のごとくデビューした（処女作は戯曲「誕生」）。

浅草十二階下の「魔窟」と呼ばれる娼婦に通ったりして梅毒にもなったが、大正改元の頃、真鶴館というところに滞在して、従兄の妻と密通し、ばれて女は離婚され、谷崎も出奔して行方不明になり、自殺を考えたこともあった。

その後、群馬県前橋出身の藝者になじみ、結婚を望むが、相手に旦那がいたので、その妹で、一時藝者に出ていた千代と結婚した。翌年女児が生まれ、鮎子と名づけたが、鮎はもともとナマズの意味だというので、のち「あゆ子」と仮名で書くようになる。

だが谷崎は、あまりセックスがうまくない千代に失望し、虐待するようになる。さらに、千代の妹でエキゾチックな少女・小林せい子が同居するようになり、谷崎は十四歳くらいのせいとセックスしてしまい、これが『痴人の愛』の「ナオミ」のモデルになる。谷崎は映画会社と契約して映画のシナリオを書くようになり、せい子を葉山三千子の名で女優として売り出そうとする。

年少の友人・佐藤春夫は、千代に同情してこれが恋に変わり、千代を譲ってほしいと言う。谷崎はせい子と結婚するつもりで承諾するが、千代が佐藤との恋で美しくなったのと、せい子から断られたのとで前言を撤回し、佐藤と谷崎は絶交する。これを小田原事件という。

関東大震災が起こり、地震嫌いの谷崎は関西へ移住する。時代は昭和に変わり、佐藤とも和解する。千代は、和田六郎という青年と恋をし、谷崎は和田に千代を譲ろうとするが、和田が、千代を幸せにする、と明言しないため躊躇し、佐藤がこれに反対する。この時のことを書いたのが『蓼喰ふ蟲』である。和田は、のち佐藤に弟子入りして推理作家の大坪砂男になる。

昭和五年（一九三〇）、谷崎はついに千代を佐藤に譲ることにし、八月に三人連名での声明文を印刷して新聞社などに送った。ニュースになり毀誉褒貶が渦巻いた。谷崎は自宅を逃れ、東京へ出て、新しい妻候補の古川丁未子に会った。谷崎は数年前から、スタンダール、ハーディなどの翻訳に大阪女子専門学校の生徒を使っており、丁未子もその一人で、谷崎の推薦で文藝春秋社の記者になっていた。当時四十四歳の谷崎の二十一歳下の美しい女性で、翌年さっそく結婚したが、すでに谷崎は昭和二年に、根津松子という人妻と知り合っていた。松子は大阪の豪商森田家の次女で、根津清太郎というやはり豪商の跡継ぎと結婚して一男一女を儲けていた。

ところが谷崎の浪費のため、谷崎が建てた岡本の家を売りに出し、新妻の丁未子と高野山に籠ることになり、家売却のめどがたって下山したが、根津家の商売も傾いて、松子は阪神間に住んでおり、谷崎らはその隣に越した。根津は松子の末妹・信子と駆け落ちするなど夫婦仲は壊れていた。そして谷崎はある日松子に「お慕い申し上げております」と告げ、二年たらずで丁未子と別れることになる。根津とは印鑑を盗みだして離婚届を出し、阪神青木で二人は隠れるように住んだ。谷崎は松子を「御寮人さん」と呼び、自分は家来だと言い、そこから『盲目物語』『蘆刈』『春琴抄』などの女人崇拝マゾヒズムの作品ができた。谷崎は、自分の先祖が近江から出たことを知り、石田三成を尊敬した。松子は大阪人として豊太閤びいきだったから、谷崎は松子を茶々に、自分を三成になぞらえて『春琴抄』を書いたのであろう。

谷崎は、「順市」などと手紙に署名し、下男のなりをして、洗濯までしたから、松子はある時耐えられなくなって友人の家へ駆け込み、洗濯をさせてもらったという。しかし、この「佐助ごっこ」も、作品ができるとほどなく終わる。『吉野葛』や『文章読本』『潤一郎訳源氏物語』が売れて経済的に潤い、反高林の家に、松子の妹の重子、松子の娘で養女にした恵美子らと住むようになり、重子の見合いが続いて、この時のことを作品化したのが『細雪』である。

小説にある通り、重子は徳川家の一族の渡辺明と結婚するが、戦争が激化すると、谷崎は松子、重子、恵美子とともに岡山県に疎開し、明は一人北海道へ赴任していった。重子は『細雪』の雪子で、それほど美しくはないのだが、谷崎は「こいさん」と呼んであたかも二番目の妻のようで、松子と重子で谷崎を争うようなこともあった。

戦後は十年ほど京都に住み、松子の息子の清治を渡辺家の養子にするが、明は若くして死んでしまう。その渡辺清治と結婚したのが、画家・橋本関雪（かんせつ）の孫・千萬子（ちまこ）であった。谷崎は六十歳を超えて高血圧のため病気になり、不能になるが、この千萬子をかわいがり、これが『瘋癲（ふうてん）老人日記』（一九六二）の颯子のモデルになる。

最晩年の、谷崎と千萬子の往復書簡集が出ると、これが『瘋癲老人日記』より面白かった。千萬子も、美人というのではないのだが、谷崎はその悪女ぶりに惚れこんで、せっせと手紙を書いている。『瘋癲老人日記』に描かれた、颯子の足で頭を踏んでもらうという足フェチの痴戯は、小説に書いたあとで実際にホテルで千萬子にやってもらった。小説にあるようにおねだりもしたから、ここにおいて、松子と重子は結束して千萬子排撃のために動き、千萬子と交際しないことを谷崎に誓わせた。

『台所太平記』にあるように、谷崎家には美しい女中を置き、中には谷崎のお気に入り、あるいは愛人もいて、谷崎が死ぬ十日前にも、その一人を連れて外出したという。

谷崎が晩年に書いた随筆「雪後庵（せつごあん）夜話」で、松子が谷崎の子を妊娠した時、「藝術的な雰囲気を守りたい」と言って谷崎が堕胎させたということが書いてある。この話は流布していて、今でも信じている人がいるが、戦争中に書いた随筆「初昔（はつむかし）」では、数人の医師が、松子の健康状態から産むのはムリだと中絶を勧めたとあり、こちらが本当だろう。松子は自分の随筆でも、谷崎に強要された話をくりかえしているが、そのほうが同情されるからである。

谷崎を研究している人は、だんだん松子の正体に気づく。私のように「丁未子派」になる人も多い。松子からいろいろ話を聞きだした英文学者の稲沢秀夫の『秘本谷崎潤一郎』という私家版の本があるが、そこで、ある女性が松子について、「あの人、人気者ですからね」とぽつりと漏らす箇所がある。松子とは、そういう女だったのである。

なお谷崎の弟子だった武智(たけち)鉄二の映画『紅閨夢(こうけいむ)』(一九六四)は、くだらない映画ながら、谷崎(茂山千之丞(しげやませんのじょう))と松子(川口秀子)が実物によく似ているので必見である。

＊参考文献

・小谷野敦『谷崎潤一郎伝　堂々たる人生』中央公論新社、二〇〇六

平塚らいてう
Raicho Hiratsuka

（一八八六―一九七一）

平塚らいてうは、本名は明子。父・平塚定二郎は、高級官吏であった。女学校へ通っていた時、漱石門下の森田草平（一八八一―一九四九）と知り合う。森田は本名・米松で、妻子があったが、明治四十一年（一九〇八）、二人はたちまち激しい恋仲になり、いきなり塩原温泉へと旅立ち、心中しようとするのだが、結局できず、帰京する。ちょっと理解しづらい珍事件だが、二人ともダヌンツィオの『死の勝利』に熱中して、そこに描かれた情死を実践しようとしたのである。だが、明子が「私は女じゃない」と謎の言葉を発したため、二人の間に肉体関係はなかった。明子はこれより前に禅を学んでいて、これはそういう禅問答的な語だったのだが、森田には当時は分からなかった。

森田は岐阜の出身だが、十代の頃に、従妹の森田つねと熱烈な恋愛に陥り、金沢の第四高等学校へ入った際に同棲するが、つねの両親にひき離されている。だがこの時までには長男も生まれ、しかし森田は東京の下宿先の娘・岩田さくにも惹かれるという状態にあった。

塩原情死行が世間に知れると、世間では当然二人が塩原の宿かどこかでセックスしたと思うから、女学生と教師のスキャンダルとして書きたてられた。漱石は、解決策として二人を結婚させようとしたがそうもいかなかった。明子は禅寺に身を寄せるが、そこの僧侶によって処女を破られたとも言う。草平のほうは、漱石の世話で、明治四十二年に「朝日新聞」に、この事件を描いた「煤煙（ばいえん）」を連載した。

明子は日本女子大学ではのち高村光太郎の妻となる長沼智恵子の友人だった。当時イプセンの『人形の家』のノラが評判で、明子は「新しい女」と呼ばれた。明治四十四年（一九一一）、女性運動の雑誌『青鞜（せいとう）』を創刊した。はじめ編集長を務めたが、三年後、若い伊藤野枝（のえ）にこの地位を譲る。

のち若い奥村博史と同棲し、奥村を「若いツバメ」と呼んだことから、若い男の愛人を「ツバメ」と呼ぶようになった。

森田草平は作家、評論家、翻訳家として、法政大教授も務めたが、のち同じ漱石門下の野上豊一郎一派との対立が生じて大学を追われ、戦後は共産党に入るが、ほどなく死去した。

らいてうは長命を保って一九七一年まで生き、自伝『元始、女性は太陽であった』を残した。美人かというとちょっと微妙だが、色が黒く、声がハスキーだったそうで、「ああ、ああいう女か」という感じはある。京大教授の社会学者が大学院生を愛人にしていたので辞任した事件があったが、あの相手の女がちょうどそういう顔だった。

＊参考文献

・根岸正純『森田草平の文学』桜楓社、一九七六
・佐々木英昭『「新しい女」の到来　平塚らいてうと漱石』名古屋大学出版会、一九九四
・『元始、女性は太陽であった　平塚らいてう自伝』大月書店、一九七一　のち文庫

里見弴
Ton Satomi

（一八八八―一九八三）

里見は、本名・山内英夫、有島家の四男だが祖母の山内家を継いだ。身長一五三センチの小柄だが顔はハンサムで、武郎は十歳上、志賀直哉が五歳上で、学習院から東大英文科へ進んだが中退した。志賀とは親友だったが、いわば志賀のお稚児さんだったともいえ、二人で吉原で遊び、一緒に松江へ旅した。だが、里見が私小説に描いた志賀の姿に志賀が怒り、そのうち絶縁、むしろ里見は、志賀の圧迫を逃れるため大阪に行く。南地つまり難波の藝者宅の二階に下宿しており、そこの藝者・十八歳の山中まさと恋愛し、結婚する。両親は反対したが押し切った。大正四年（一九一五）のことである。

まさは里見の子を産むが、里見が両親説得のため上京している間に子供が病気になり、里見が下阪する途中に死んでしまう。

かつて里見の代表作として読まれた『多情仏心（たじょうぶっしん）』は、色男の弁護士が主人公で、妻があっても他に女を作り、それぞれの相手に本気ならいい、という一夫多妻主義のもので、のち新潮文庫の解説で、里見が存命中なのに本多秋五が批判したが、里見もこの批判は受け入れた。

まさとの間には、松竹のプロデューサーで小津安二郎と里見の共作を実現した山内静夫のほか三男一女が生まれたが、大正十二年、里見は赤坂の藝者・菊龍と熱愛におちいる。菊龍は三井財閥の中上川次郎吉が旦那で、その当時は二代目市川猿之助（のち初代猿翁）の愛人だったが、里見は猿之助から奪った。遠藤喜久、通称お良で、里見はお良が戦後死ぬまで、ほぼお良と生活を共にした。

関東大震災の時、里見は鎌倉から上京して妻と子供らを鎌倉へ移すが、その際、家に出入りしていた市川という男と妻まさが密通していることを知り、二人を問い詰める。これは『安城家の兄弟』に詳しく書いてあるのだが、ペッサリーを見つけて密通を知ったり、妻に「腐った魚の腸臭いがするぞ」と言ったり、凄絶である。駆け落ちしても二人で添い遂げたいのかという里見の問いに、市川がよう答えなかったので、そのまま里見は二人を別れさせる。

お良との生活の間にも、女書生を家に置いて関係していたらしいし、中戸川吉二が弟子

入りした時は、中戸川の妻になる吉田富枝から里見宛に手紙が来て、この少女とも危うい
ことがあった。また昭和初年には、まだ正体不明だが、良家の出戻り娘らしいモダンな女
と恋愛をして、「無法者」という小説を書いている。

戦争が激化すると、里見はお良を長野県上田へ疎開させる。その時の往復書簡が『月明
の径（こみち）　弴・良　こころの雁書』として刊行されている。

昭和二十七年（一九五二）、最愛の愛人お良が、五十七歳で子宮がんのため死ぬ。それ
より前にお手伝いとして来ていた外山伊都子（とやまいつこ）が、そのまま里見の面倒を見るようになり、
「市兵衛」などと呼ばれていた。里見の正妻まさは、一九七三年二月、里見に呼ばれて息
子の家へ行った帰り、里見と別れたあと、交通事故で死んだ。里見が死ぬのはその十年後、
八三年で、九十五歳になっていた。

伊都子は、那須の里見の別荘を貰い、以後関わりないこととして放逐された。のち『新
潮45』一九八五年八月号に「『多情仏心』に捧げたわが半生」を寄稿した。

＊参考文献

・小谷野敦『里見弴伝　「馬鹿正直」の人生』中央公論新社、二〇〇八

和辻哲郎
Tetsuro Watsuji

（一八八九－一九六〇）

和辻哲郎は、姫路の出身である。第二次『新思潮』を、谷崎潤一郎、後藤末雄らと創刊し、創刊号には戯曲「常盤（ときわ）」を載せ、創作家を目ざしていた。だが、谷崎の才能にかなわないと思い、哲学科に学んで夏目漱石の門下に入り、『ニイチェ研究』を刊行して倫理学者となり、京大、東大教授を務めた。若いころ書いた『古寺巡礼』がベストセラーになり、奈良の古寺をめぐる趣味はここから始まったとされる。

勝部真長（みたけ）『青春の和辻哲郎』には、一高時代の和辻が、姫路以来の友人の黒阪達三とともに、中山秀之という男の妻秋子と交際し、秋子の逃亡を手助けしたために、東大へ入ってから、黒阪は停学、和辻は訓戒処分を受けたという事件のことが書かれている。といっても、その秋子と性関係をもったとはされていない。

今東光（こんとうこう）が谷崎潤一郎を描いた『十二階崩壊』で、谷崎が、和辻と武林無想庵が男色関係にあった、と言うところがあるが、これ以外に証言がなく、真偽は分かりかねる。
漱石門下の先輩であった阿部次郎（一八八三―一九五九）も倫理学者で、東北大教授を務め、『三太郎の日記』がベストセラーになるが、これは題名から想像されるのとは違った哲学書である。

和辻は早くに高瀬照と結婚し、照夫人が、和辻の先輩の阿部次郎に紹介されて親しくなり、阿部は東北大へ赴任したが、よく上京しては和辻家を訪ねていた。そのうち照夫人との間が恋愛めいてきて、どちらもそれなりに慕情があったらしいのだが、和辻が洋行に行っている間に二人が会ったりして、阿部のほうからキスをし、恋を告げたので、照が和辻にそのことを言い、二人は絶交してしまった。

阿部、和辻が相次いで死んだあと、和辻照は「和辻哲郎とともに」という回顧録を『新潮』に連載し始めるが、そこでこの事件に触れた。すると阿部の娘の大平千枝子が、『文藝春秋』に反論文を書き、むしろ照のほうが積極的だったのだ、とした。

久米正雄と松岡譲もそうだが、漱石門下では、女をめぐって友人が絶交する事件が二つも起きている。おのずと『こゝろ』を模倣するのであろうか。

和辻の従弟の和辻春樹は、戦後一時期京都市長を務めていたが、和辻の若王子にあった邸は、どういう経緯か、のち梅原猛の家になった。未亡人の和辻照は、梅原が和辻を批判したというのでこれに怒っていたというが、今では姫路市が主催する和辻哲郎文化賞の選考委員を梅原が務めていて、なかなか微妙である。

＊参考文献

・和辻照『和辻哲郎とともに』新潮社、一九六六
・大平千枝子『阿部次郎とその家族』東北大学出版会、二〇〇四
・勝部真長『青春の和辻哲郎』中公新書、一九八七

広津和郎

Kazuo Hirotsu

（一八九一－一九六八）

戦後、吉行淳之介が登場した時、「あんなにもてる作家は広津さん以来だろうな」と言われたくらい、広津和郎はもてたらしい。

広津は、作家・広津柳浪（りゅうろう）の子で、当時としては珍しい二代目作家である。早大英文科を出て、「毎夕新聞」で半年ほど記者をして退社。この間に、二歳上の下宿の娘・神山ふくと関係をもち、長男の賢樹が生まれる（のち夭折）。父柳浪は病気のため知多半島の師崎（もろざき）で静養していたが、ふくのことを両親に打ち明けるまで一年かかり、婚姻届を出すまで二年かかった。その間に、有楽町のカフェーにいた栗林茂登と知り合い、深い仲になって、ふくとの間に長女・桃子が生まれたあと、茂登と同棲するようになる。

広津と最初の妻ふくとは、性欲がもとでくっついたものであるため、広津とは精神的には合わなかったようだ。茂登のことを描いた「お光」では、そのことが綿々と書いてあって、かつそういうことを書いたのを妻が読んで、陰鬱な言い争いになる場面もある。

大正十二年（一九二三）、銀座のカフェー・ライオンで働く松沢はまを知るが、その後関東大震災に遭って関西へ行く。三十二歳である。二年後に茂登との関係を清算し、大正十五年、はまを妻として一家を構える。

昭和十年（一九三五）、四十四歳の時、「X子」と出会う。これは広津の自伝『続年月のあしおと』に描かれているが、「X」という該当のないイニシャルにしたところに、怖さがある。『源氏物語』などを好む文学女だったが、いったん関係をもったあと、ストーカーと化す。広津は逃げるのだが、X子は、いきなり服を脱ぎ始め、全裸になって広津に挑む。ないしは、広津の家の二階に突然現れるから、どうしたのかと思うと、外の庭木を伝わって二階の窓から入ったのだという。あるいは中へ入り、はまを呼び、三人で座って、このうち誰かが死ななければならない、などと言うのだという。

さらに四回にわたって自殺未遂を行い、そのたびに広津を呼び出していた。「毒を呑んだ」と言って呼ぶのだが、広津が駆けつけて手当てをして助かったという。一度などは、毒を呑んだあとにそばを食べたので、そばが毒を吸収したのだろうと医者が言ったという。

X子は、五年ほど広津にこうしてつきまとい続けた。広津は、人生でこの頃がいちばん暗い時期だったと言うが、さもあろう。ようやくX子との縁が切れて、一年後に劇場で偶然会ったら、結婚したらしく尋常な夫人になっていたという。

＊参考文献
・広津和郎『続年月のあしおと』講談社、一九六七　のち文庫、文芸文庫
・同「お光」『広津和郎全集第一巻』中央公論社、一九七三

佐藤春夫
Haruo Sato

（一八九二―一九六四）

私が高校生の頃、教科書に載っていた佐藤春夫の写真は、例の年をとったあとの妖怪じみた写真だった。田山花袋もそうだが、どういうわけか世間では、晩年の写真を掲げることが多く、これではとても若いころの純情な時代を想像できない。佐藤なども、若い頃はそれなりの美青年だったのである。

佐藤は和歌山県新宮の生まれで、詩人として出発した。初恋の人は、十二歳の時知った一つ年上の大前（のち中村）俊子で、「お伽話の王女」とのちに呼んだ。上京して慶應義塾に入り、与謝野鉄幹・晶子のもとに出入りするうち、『青鞜』の尾竹紅吉（こうきち）の妹・ふくみを知って恋におちるが、片思いに終わり、不眠症に陥った。

だが二十二歳の大正三年（一九一四）には、藝術座の女優・川路歌子と同棲し、歌子は自分でも『処女地』『ビアトリス』などの女性文藝誌に寄稿していた。六年にはこの歌子とも別れ、無名の女優・米谷（まいや）香代子と同棲を始めた。その頃谷崎潤一郎を知り、次第にその妻千代に恋するようになり、九年（一九二〇）には香代子とも別れ、翌年小田原事件が起きて、谷崎と絶交することになる。この頃、新宮出身の西村伊作が、小田原に藝術家村のようなものを建設しようとしており、佐藤の「美しき町」はこれをもとに書かれた小説である。

この頃佐藤は第一詩集『殉情詩集』を出すが、その頃書かれた詩に引き裂かれた千代を思って作られた「秋刀魚の歌」「或るとき人に与へて」などがある。

あはれ
秋風よ
情（こころ）あらば伝へてよ、
夫を失はざりし妻と
父を失はざりし幼児（おさなご）とに伝へてよ
——男ありて
今日の夕餉に　ひとり

さんまを食(くら)ひて
涙をながす　と。

というのは、谷崎一家のことである。だがむしろこの時の谷崎との往復書簡で、わあわあ泣きごとを言っているほうが面白い。とはいえ、それまでこれだけの女遍歴のあった佐藤が、まるで童貞男が失恋したみたいな手紙を書いているのは変ではある。とはいえ、佐藤も谷崎の浮気相手のせい子（ナオミ）とは一緒に風呂に入った、という説もある。

大正十三年（一九二四）、三十二歳で佐藤は、藝者の小田中タミと結婚する。そして、小田原事件を「この三つのもの」として『改造』に連載し始める。谷崎はこの題材を「神と人との間」というフィクションにして書いているが、佐藤のほうが事実そのままであるだけに優れている。谷崎はこれについて、あの事件はそのままでないと面白くない、小田原という地名を変えただけで失われるものがある、と佐藤宛の手紙で書いている。

ところが大正十五年（一九二六）、佐藤は山脇雪子という女と恋愛（浮気）をする。タミの嫉妬にさらされて、佐藤は初めて谷崎の気持ちが分かり、谷崎と和解して、「この三つのもの」の連載も中止する。佐藤がのち『魔女』という詩集を出したため、これは「魔女事件」と呼ばれるが、別に山脇雪子が魔女的女だったわけではない。

だが、深読みをすれば、佐藤が好きだったのはもともと千代ではなく谷崎のほうだったのだろう。ホモソーシャルでホモエロティックなもので、芥川も谷崎に惹かれていたし、谷崎というのは男に崇拝される質なのである。谷崎が好きだからその妻の千代も欲しかった、ということだろう。

そしてそれから四年後、佐藤はめでたく千代を譲り受けるが、そのあと、軽い脳梗塞を起こす。それでも千代は佐藤の男児を産み、谷崎が「方哉（まさや）」と名づける。佐藤方哉はのち心理学者・慶大教授になるが、定年後、新宿駅でプラットフォームから落ちて轢かれて死んでいる。また谷崎の実娘のあゆ子も佐藤が引き取り、甥の竹田龍児（りようじ）と結婚させ、竹田はのちやはり慶大教授（東洋史）になる。

千代夫人は、谷崎と佐藤という、二人の文化勲章受章者と結婚した女になったのである。人間の運命は分からないものだ。

戦争中、佐藤は長野県佐久へ疎開し、戦後まで五年間住んでいたが、その時も恋文を送っていた相手があり、『定本佐藤春夫全集』第三十六巻にそれらの手紙が入っていて、宛名は「K．S」となっている。「見ぬことの久しくなれば／いやさらに恋ひまさるとは／

知るや知らずや」などという葉書を出している。この女については、佐藤の弟子だった島田謹二が知っていたはずだが、明らかにされてはいない。佐藤は谷崎の死ぬ前年、ラジオ番組の録音中に急死した。谷崎は「佐藤があとはうまくやってくれると思っていたのに」と言って泣いたという。

第四章

明治生まれIII

——日清戦争後

川端康成
Yasunari Kawabata

（一八九九―一九七二）

川端は、孤児として知られるが、もともと地主の家で、母方の親戚には実業家や政治家もいたので、貧しかったわけではない。

川端の若い頃の日記に、その日の末尾に「保身」と書かれていた。はじめ、父から与えられた言葉だと言われていたが、日記の原文に、「保身二回」とあるのが公表されて、オナニーのことだと分かった。娼婦を買いにいったりすれば病気をもらうが、オナニーなら安全なので「保身」か。

茨木中学校時代には、同性愛の相手がいた。「少年」という小説に書いてあるが、相手は年下の小笠原義人という後輩で、大本教（おおもと）の家に生まれ、のち修行をしている。

一高時代には、突然寮から出奔して伊豆への旅に出て、そこで旅藝人の一座と同行した、そこで出会ったのが「伊豆の踊子」である。作中では「薫」という名になっているが、実際は踊子の兄の名がかおるだったらしく、踊子の名は加藤タミとされる。

東大時代には、本郷のカフェ・エランにいた「ちよ」という女給に恋をして、結婚まで考える。本名を伊藤初代といい、実父は岩手県の学校職員だったから、友人たちと会いに行った。カフェの経営者平出（ひらいで）ますは、大逆事件の弁護士で作家でもあった平出修の縁者だが、台湾へ行くためカフェをたたんだので、初代は岐阜の寺に預けられた。川端は岐阜まで会いに行き、菊池寛から世話されて、新婚家庭のための部屋を借り、道具まで買いそろえたが、突然初代から「あなたとは一緒になれない」という手紙をもらい、驚いて岐阜まで会いに行くが、埒（らち）があかなかった。初代が養父の僧侶に犯されたという説もあるが、そのあと来た手紙に「あなたを怨みます」とあるのが、つじつまがあわず、謎である。

川端は、結婚するまで童貞だったという。結婚相手は松林ヒデ、青森県の出身の文学少女で、作家で編集者の菅（すが）忠雄の家の手伝いをしていて知り合い、自然に体の関係ができて結婚することになったらしい。のち川端は『山の音』で、好きな女と結婚できずその妹と結婚したという主人公を描いている。残酷な話である。

昭和六年（一九三一）に、川端は浅草のカジノ・フォーリーから梅園龍子（りゅうこ）という踊子を引き抜いて、バレエを習わせるなどしたが、これも恋愛の気持ちがあったと、吉行エイスケ宛の手紙に書いているが、龍子からは相手にされず、失恋の悲しみに沈み、あとはただ龍子の保護者であった。

昭和九年（一九三四）に、越後湯沢の高半（たかはん）旅館で、藝者として知ったのが松栄（まつえ）（小高（こたか）キク）である。これが『雪国』の駒子のモデルで、川端との関係は恋愛だっただろう。『雪国』で「きみはいい女だよ」と言って駒子が怒る場面があるが、これは「名器」であることを言われて怒ったと解すべきものらしい。

川端は、松栄と関係をもってからほどなく、これを題材とした短編二編を『改造』『文藝春秋』に載せたから、松栄は自分が書かれていると聞いて町の本屋へ見に行って顔を赤くした。川端からは、勝手にモデルにしてすまないと手紙が来た。翌年の秋にも川端は来たから、『雪国』には、小説に書かれた文句を言う場面などが書かれていないことになる。これはのちにまるっきり書き直して『雪国』とし、さらにその続きも書いて、戦後に新版が出たから、最後の火事の場面は当初はなかった。『雪国』としてまとめられる前は「島村もの」などと呼ばれ、宇野浩二は川端に会うと、松栄のことを「あのかた」と言って話した。当時、三味線の楽譜は、古くからのものと、四代杵家（きねいえ）弥七の赤星ようが、夫の赤星国清とともに開発した文化譜という近代化されたものがあり、作中で駒子が文化譜を使っていたから、宇野は、「あのかたに、杵家弥七のものより研精会のもののほうがいいと言ってください」などと言った。

『雪国』はほどなく、寺崎浩の脚本で、花柳章太郎が主演して上演されたが、寺崎と花柳は松栄に会いに行ったという。川端は、失望するからおやめなさいと言ったが、果して失望して帰ってきた、などと、キクが読むだろうに書いている。それほど不器量だったわけではなく、普通にやや美人のほうだった。花柳は、葉子のモデルにも会ったと言っていたから、あれは架空の人物なのに、と川端は笑っていたが、葉子のモデルは梅園龍子だと言われているので、そちらに会ったのかもしれない。もちろん龍子とキクは何の関係もない。

『山の音』の菊子のモデルは養女の政子だろうが、これは親戚から貰い受けたものながら美少女で、隣家の山口瞳は好きだったらしい。戦後の川端は、もっぱら銀座あたりのホステスや、旅館福田家の女中などを愛人にしていたようだが、中でも『眠れる美女』のモデルとされるのが、銀座「ラモール」のチャコという女か。大江健三郎はこの人を知っているらしく、『眠れる美女』に感銘を受けたガルシア＝マルケスから、モデルを紹介してほしいと言われたが断ったところ、ガルシア＝マルケスが書いた『わが悲しき娼婦たちの思い出』を読んだ大江は、紹介しなくて良かったと思ったという。このチャコは、中央公論社で『海』の編集長だった塙嘉彦（一九三五－八〇）とも関係があり、結婚した。大江と塙は大学以来の友人だから知っていたのだろう。塙の妻については、大江の『「雨の木（レイン・ツリー）」を聴く女たち』に「国際作家のファム・ファタル」だったとして出てくる。

＊参考文献

・小谷野敦『川端康成伝　双面の人』中央公論新社、二〇一三

島田清次郎
Seijiro Shimada

（一八九九－一九三〇）

「島清恋愛文学賞」に名を残す島田清次郎だが、どういう恋愛をしたかというより、どの女を好きになったかという逸話だけが残っている。

島田の出世作にして代表作の『地上』を読んだ人は多くはないだろう。島田は石川県の、母一人子一人の貧しい家に育ち、大学へも行っていない。

文学的野心を抱いて、二十歳で『地上』をひっさげて登場した。これがどういう小説かというと、尾崎士郎の『人生劇場』や五木寛之の『青春の門』のような、地方の青年が青雲の志を抱いて上京し、女と恋愛したり偉い人に出会ったりして出世していくという、地方の不遇な青年の夢想めいたものである。

明治中期には、村井弦斎の『小猫』や、徳冨蘆花の『小説 思出の記』など、そういう作品もあったが、大正中期には時代遅れである。だから新潮社から刊行されても、文壇は冷淡だったが、文壇外の、生田長江(ちょうこう)や徳富蘇峰といった大家たちが褒めた。ちまちました日常を描くのが主流の文壇で、骨太な長編を書いて好もしいというわけで、『地上』はベストセラーになった。

不思議なことに今でもそうだが、文壇は雑誌が中心で、当時なら『中央公論』『新潮』『改造』などに短編を載せるのが「文壇作家」で、単行本がいくら売れても、文壇作家にはなれなかった。『受難者』の江馬修(えましゅう)なども、売れたけれど文壇からは容れられなかった。

島田は、認めてくれた人の家を歴訪し、社会主義者の堺利彦のもとに住みこんだ。そのうち、堺の娘の真柄(まがら)(のちの近藤真柄)に恋をした。というより、久米正雄が漱石の娘に恋したように、名士の娘と結婚することを夢見た。だが、堺は認めず、島田を家から追い出した。『地上』は、第二部、第三部と続けて刊行されたが、売れ行きは次第に落ちて行った。

次に島田が目をつけたのは、海軍少将・舟木錬太郎の娘・芳江であった。芳江は、小説家の舟木重雄、ドイツ文学者の舟木重信の妹だったが、島田は巧みに芳江を誘い出し、デートくらいするようになった。ところが、二人の間に何があったのか正確には分からないが、おそらくは島田が一夜をともにしようとして芳江がさからったのだろう、島田は、凌辱と監禁の罪で刑事告訴されてしまう。

なお島田の伝記である杉森久英の直木賞受賞作『天才と狂人の間』では、舟木芳江がまだ存命だったためか「砂木良枝」と仮名になっており、私は『恋愛の昭和史』でそれをそのまま書いてしまった（文庫版では直してある）。

告訴は示談で済んだが、島田の社会的名声は地に墜ち、島田はその後精神に変調をきたして、面識のない文学者を訪ねるなど奇行があって、精神病院へ入れられて、そこで三十一歳で死んだ。

のち、「島清、世に敗れたり」などの演劇で、島田は社会主義思想を抱いていたため、精神病と偽って拘束されたという説が出たが、それは事実ではあるまい。

むかし島田について書いた時、名前とか、漢字二文字の作品で突然現れるあたりが平野啓一郎を思わせる、としたら、編集者から、そう断じるのは早計では、と言われて削られたことがある。いや、別に島田のような末路をたどる、と書いたつもりではなかったのだが……。

宮本百合子
Yuriko Miyamoto

（一八九九―一九五一）

百合子（ユリ）の祖父・中条政恒は、米沢の上杉家の重臣で、維新後、福島県安積を開拓した。父・精一郎は東大卒の建築家で、母・葭江は明治の啓蒙思想家・西村茂樹の娘という名家に生まれた。政恒に従って開拓したのが久米正雄の母方の祖父である。

元は「なかじょう」だったが、精一郎が東京へ移るとき「ちゅうじょう」に変えている。

ユリは利発で文才があり、大正五年、「貧しき人々の群」を書いて、坪内逍遥の紹介で『中央公論』に掲載されたが、十七歳ということで、天才少女と騒がれた。このころ、幼馴染の久米正雄との恋愛が起こりかけたが、久米が美人好きで、ユリが美貌ではなかったため、なしになった。

ユリ十九歳の時、父精一郎に伴われて、米国に留学する。これまた、新聞で大きく報道された。ニューヨークでユリは、言語学者の荒木茂に出会い、大正八年、母の反対を押し切って結婚する。ユリの母は、荒木だから反対したのではなく、ユリにはずっと独身でいてほしいと思っているところがあった。今でも、娘の結婚を陰に陽に妨げようとする母親はいるし、これに従順に従う娘もいる。

しかし、荒木との結婚も感情の齟齬が多く、長続きしなかった。ユリは、ロシヤ語を学ぶ湯浅芳子と出会い、大正十三年（一九二四）、荒木と別れて、湯浅とほぼ同性愛の関係に入る。この頃のことは、自伝的小説『伸子』『二つの庭』に書かれている。湯浅との往復書簡もあり、セックスについて、射精のあと男の態度が変わることに触れて「声まで違う！」などと書いてあって面白い。湯浅の伝記は瀬戸内寂聴『孤高の人』がある。

ユリと湯浅は、昭和初年、革命後のソ連へ旅をする。この旅のことは長編『道標』に書かれているが、すでにかなり太っていたユリは、それでも日本人の平貞蔵から求愛されており、よほど会話に知性があり、人間的魅力のあった人なのだろう。

だが、革命前のロシヤ文学に関心があった湯浅に対し、ユリは社会主義にひかれていく。帰国したユリは、左翼作家になり、昭和七年、九歳年下の共産主義の文藝評論家・宮本顕治と結婚し、自身も社会主義運動へ飛び込んでいく。だが母は、むしろこの頃右傾しており、確執は強まった。ユリ自身も逮捕され、獄中で熱射病のため死にかけて釈放されることもあった。

同志的連帯のため、宮本百合子と名のる。最終的に顕治は網走刑務所へ送られて、非転向を貫く。この間の百合子との往復書簡は『十二年の手紙』として刊行され、かつては文春文庫に入っていた。

敗戦とともに、顕治が帰ってきて、共産党の指導者として活動を始め、百合子も盛んな作家活動へ戻るが、六年後、獄中での熱射病の後遺症から急死する。

大森寿恵子（一九二〇－二〇一〇）は、百合子の秘書役をしていた女性で、のちに『若き日の宮本百合子』などの著作をなすが、百合子没後、宮本顕治と結婚した。そのため、百合子生前から関係があったとか、百合子が死んだ時顕治は大森のところにいたとかいう週刊誌記事が出たこともある。

＊参考文献

・中村智子『宮本百合子』筑摩書房、一九七三
・沢部仁美『百合子、ダスヴィダーニヤ　湯浅芳子の青春』文藝春秋、一九九〇　のち学陽書房女性文庫（沢部ひとみ）

宇野千代

Chiyo Uno

（一八九七－一九九六）

宇野千代の男遍歴は『生きて行く私』（一九八三）がベストセラーになり、テレビでも当人がよく話していたから知られている。「徹子の部屋」に出た時は、黒柳徹子が「尾崎士郎さん……」と言うとすかさず「寝たッ！」と言うので、あとで黒柳が、あんなお昼寝でもするように寝た寝た言う方は初めてだと笑っていたという。ところが小林秀雄だけは、寝たでも寝ないでもなく口を濁したので、あとで訊いたら、雑魚寝（ざこね）をした、という。

宇野は山口県の裕福な家に生まれたが、岩国高等女学校在学中、従兄の藤村亮一と結婚させられたが、弟の忠のほうが好きだったので、すぐ離婚し、小学校の代用教員をしたあと朝鮮へ渡り、舞い戻って忠と京都、東京へ移り結婚、燕楽軒（えんらくけん）という文士の集まる料理店で十日ほど働くうちに、久米正雄や今東光と知り合うが、夫の仕事で北海道へ渡る。

大正十年（一九二一）、「時事新報」の懸賞小説に藤村千代の名で一位当選、『中央公論』

に小説第二作を送るが返事がないので上京。この時二位当選だった尾崎士郎とねんごろになり、二人で東京の馬込に住む。ここは当時文士村と言われ、川端康成も一時住んでいた。尾崎とは正式に結婚して藤村とは別れるが、昭和五年（一九三〇）に尾崎とも別れる。梶井基次郎と関係があったと言われたからだというが、梶井はぶ男だから、関係はなく、梶井のほうで一方的に千代を思っていたらしい。

同年、三十三歳で画家の東郷青児（一八九七-一九七八）と知り合い同棲する。『色ざんげ』は、東郷の女遍歴を聞いて書いたものである。九年には青児とも別れ、ファッション雑誌『スタイル』を創刊する。昭和十四年（一九三九）に、作家の北原武夫（一九〇七-七三）と結婚した時は、四十二歳になっていた。北原と離婚したのは昭和三十九年（一九六四）で、六十七歳になっていた。

宇野の男遍歴がさほど抵抗なく受け入れられたのは、子供を産まなかったからだろう。宇野の著作権は、秘書だった藤江淳子（あつこ）が引き継いでいる。

「時事新報」で一等になった時の審査員の一人が里見弴だったが、里見は宇野の九つ上で、のち一九七〇年、ともに那須に別荘があるので宇野が里見を訪ねた時、「そういう縁があるのにあまり仲良くしてこなかったね。これからは仲良くしよう」と里見に言われたという。『生きて行く私』は、それより前に純文学自伝小説として書いた『或る一人の女の話』を大衆向けに書き直したものとも言える。

小林秀雄
Hideo Kobayashi

（一九〇二―八三）

小林秀雄論はやたらにあるが、伝記はない。小林自身が、自分のことを語らなかったためでもあり、書簡や日記などが公表されていないからでもある。それどころか、小林の妻の、正確な生まれ年すら分からないのである。

小林の伝記といえば、若い頃の、中原中也と長谷川泰子との三角関係が有名である。泰子はもとは中也の恋人で同棲していたが、大正十四年（一九二五）、東大仏文科に入ったばかりの二十二歳の小林が、泰子と接近して大島行きを計画するが、品川駅で待ち合わせたのに泰子が遅れ、何ゆえか小林は一人で大島へ行く。帰京後腸捻転で手術するが、その間の十一月に、友人の詩人・富永太郎が死んだことを知る。

十一月下旬に、中原のもとを去った泰子とともに杉並町天沼（あまぬま）に住む。翌大正十五年には鎌倉へ移り、昭和三年（一九二八）には成城高校の大岡昇平の家庭教師としてフランス語を教え、東大を卒業する。だが泰子の以前からの潔癖症が嵩じて神経衰弱となり、小林は家出をして奈良に行き、志賀直哉のもとに出入りしたりの関西放浪生活を送る。荒れた生活だったらしい。昭和四年に帰京し、「様々なる意匠」で『改造』の懸賞評論二席に当選し、文藝評論家として歩み始めたのは、二十七歳の年である。一席は宮本賢治「「敗北」の文学」であった。五年からは『文藝春秋』に「アシルと亀の子」の連載を始め、川端康成、中村光夫らを知り、昭和九年（一九三四）、三十二歳の年に長野の人森喜代美と結婚して、生涯の妻となる。

泰子のほうは、一九〇四年生まれで、小林の二つ下、小林と別れたあと、演出家の山川幸世と関係をもって男児を産み、中原が茂樹と名付けた。石炭商人の中垣竹之助と結婚するが、敗戦で中垣の事業が左前になって別居、世界救世教に入り、本部のある熱海に住んだが、のち東京へ戻る。だが、「中原中也を捨てた女」として中原ファンに脅されたりした。一九七四年には、村上護の聞き書きで『ゆきてかへらぬ　中原中也との愛』を刊行した。小林が死んだのは一九八三年で、その十年後、老人ホームで八十九歳で死んだ。

戦後の小林は、戦争責任の追及を恐れ、駅のプラットフォームから転落し、母が死んで「母さんは螢になった」と思い、明治大学教授を辞任して創元社の取締役となるが、四十八歳で全集が出て、翌年藝術院賞を受賞、五十七歳で藝術院会員となり、六十五歳で文化勲章を受章している。今そんな文藝評論家はいない。だが、あれほどもてそうな小林に、戦後艶聞の類がないのは不思議である。

林芙美子
Fumiko Hayashi

（一九〇三－五一）

林芙美子は、四十八歳で急死した。多くの仕事を抱えての心臓麻痺で、過労死ともいえる。その頃、林はだいぶ嫌われていたらしく、三島由紀夫は葬儀に出るために喪服に着替えながら、「あんな馬鹿な女の葬式にいかなくちゃならないなんて、いまいましいよ」と言ったという（福島次郎『三島由紀夫　剣と寒紅』）。葬儀で、林の庇護者だった川端康成は、葬儀委員長を務め、林は憎まれるようなこともありましたが許してやってください、と言った。

戦後、大佛次郎が『帰郷』という小説を発表した時、中に、戦時中南方にいた高野左衛子という美人が出てくる。この小説、まるで三文スパイ小説みたいなのだが、林は、この高野左衛子は自分がモデルなのではないか、と言ったのは、林も戦時中インドネシアにいて、高松棟一郎という、のち東大新聞研究所教授になった恋人がいたとされているからなのだが、それを聞いた大佛は、「あの人、自分がそんな美人だと思っているのか？」と書いている。

私が変だと思ったのは、没後の、林芙美子を偲ぶ座談会で、林が『放浪記』で世に出てから、『新潮』から原稿依頼が来るまで二十年もかかったとこぼしていた、という話が複数から出ている（『文藝　臨時増刊　林芙美子読本』一九五七年三月）。ところが、林は早々に『新潮』には寄稿している。雑誌名の間違いかと思ったが、林は『放浪記』のあと数年で、当時の目ぼしい雑誌すべてに書いているのだ。記憶違いの被害妄想であろう。

尾道から上京して来た林は、カフェの女給をしながら、白山の南天堂という文学サロンに出入りしていた。ここで恋人になったのが、俳優の田辺若男（一八八九―一九六六）であり、詩人の野村吉哉（一九〇一―四〇）である。それはもう、「恋愛」というより、若い男女が肉体的にくっついてしまうような放埓な世界だった。

林には、泰という養子がいた。戦時中、突然どこかから連れてきたのだが、林の死後、電車のステップから落ちて死んでしまう。桐野夏生は、『ナニカアル』で、これが林と高松の間の子で、妊娠を隠していた、と推理した。だが、林の身長は一四七センチという低さで、大柄な女なら妊娠を隠せるが、この身長ではありえないと思う。

林の夫は、手塚緑敏という画家である。「りょくびん」と読まれるが「まさはる」が本当らしい。芙美子の死後、その姪の福江と結婚しており、変な形なので、芙美子生前から何かあったのではないかと言われたりする。

さかのぼると、林は昭和初年にパリに滞在しているが、この時も恋人がいたのではないかと言われ、松本清張の「断碑（だんぴ）」のモデルである考古学者・森本六爾（ろくじ）（一九〇三−三六）も当時パリにいて交友があったから、森本ではないかとされていたが、現在北九州市立文学館館長の今川英子が、建築家の白井晟一（せいいち）（一九〇五−八三）であることを明らかにした。

しかし「恋人」といっても、白井にせよ高松にせよ、どの程度のそれだったのか、というのは、肉体関係とかそういうことではなく、男の側にどの程度の思いがあったのか、がどうもはっきりしない。林芙美子は、自分が美人だと思い、恋多き女だと思いたがるところがあって、それが関係のない男たちの反感をかった、というところがある。

＊参考文献

・竹本千万吉『人間・林芙美子』筑摩書房、一九八五

・『林芙美子巴里の恋』今川英子編　中央公論新社、二〇〇一
・池田康子『フミコと芙美子』市井社、二〇〇三

堀辰雄
Tatsuo Hori

（一九〇四－五三）

数年前、宮崎駿がアニメ映画『風立ちぬ』を作ったが、原作の一つとされるのが堀辰雄の同名の小説である。しかし、いったい今堀辰雄は読まれているのだろうか。結核で死んだ恋人を偲んで書かれたのが「風立ちぬ」だが、私には「風立ちぬ」というと、松田聖子の歌のイメージがあり、爽やかな軽井沢を想像するのだが、恋人矢野綾子が死んだのは軽井沢ではなく、長野県の富士見高原療養所である。

「風立ちぬ」を実際に読むと、別にそんな甘いファンタジー風のものではなく、恋人を「お前」呼ばわりしたずいぶんな小説である。

堀は、堀浜之助という男の庶子として東京に生まれ、浜之助の正妻に子がなかったため堀家の嫡男として届けられたが、母がほどなく上条松吉と結婚したためそこで育った。三十四歳の時松吉が死に、その時初めて実父のことを知ったというが、それならなぜ自分の姓が堀だと思っていたのか。堀浜之助は名義上の父親だと思っていたというが、実は実父だと知っていたというのが、江藤淳の推定である。

東大国文科に進んだのだが、「風立ちぬ、いざ生きめやも」はヴァレリーの「風が吹いた。生きよう」を訳したものだが、「めやも」では「生きるだろうか」で誤訳である。フランス語の間違いではなく日本古典文法の間違いである。

堀は十代の頃、近所に住む国文学者・内海月杖（うつみげつじょう）の次女・妙子に軽い失恋をする。関東大震災で母が水死し、自身も肋膜（ろくまく）を病むが、この頃芥川龍之介の知遇を得て、軽井沢で芥川とともに片山廣子と娘の総子を知り、総子に恋をしたようだ。総子には達吉という兄がおり、吉村鐵太郎の筆名で作家をしていたが、早くに死んでしまう。

その後芥川の自殺にショックを受け、堀は肺炎から肺結核となり富士見療養所へ入る。昭和八年（一九三三）、片山総子と別離し、傷心を癒やすために軽井沢に行って矢野綾子と知り合う。翌年、三十歳で綾子と婚約するが、十年（一九三五）、綾子の肺病が悪化し、富士見療養所で年末に死去する。

その思い出で「風立ちぬ」を書いたのだが、これなどはまさに結核の美化・文藝化と言うべきだろう。その後、加藤多恵と知り合い、これと結婚する。堀辰雄が四十九歳で死んだあと、堀多恵子は長命を保ち、二〇一〇年に九十七歳で死んだ。

　してみると、「風立ちぬ」の矢野綾子と堀の関係はわずか二年で、むしろ片山総子との関係のほうが長く、堀は彼女らをモデルに「菜穂子（なおこ）」「楡（にれ）の家」「ルウベンスの偽画」「聖家族」「物語の女」を書いているのである。

　総子（一九〇七-八二）は、宗瑛、井本しげという筆名をもち、『火の鳥』という女性文藝誌に数点の随筆などを書いている。宗瑛は、裏千家の茶のほうの名だという。川村湊は『物語の娘　宗瑛を探して』でこの人物を追究したが、のち宗瑛は、山田秀三という官吏で、のちアイヌ研究で名をあげる人物と結婚した。堀辰雄から恋人だと思われていたために結婚話が壊れたこともあったと語ったりしており、江藤淳はこの点で堀の身勝手な「聖家族」幻想を批判している。なお「聖家族」という語は、マルクスが敵対勢力を批判するため、そのグループを皮肉ってつけた評論の題名である。

　しかし、自分とその周辺をロマン的に美化するという傾向は、堀と、その弟子の福永武彦にいやおうなく受け継がれた、自然主義を否定しようとするところに生まれた鬼子的なもので、大人の鑑賞に堪えるものではないだろう。

＊参考文献

・江藤淳『昭和の文人』新潮社、一九八九
・川村湊『物語の娘　宗瑛を探して』講談社、二〇〇五

伊藤整
Sei Ito

（一九〇五―六九）

伊藤整の若い頃のことを描いた自伝小説『若い詩人の肖像』は、大正十四年（一九二五）に伊藤が小樽高等商業学校を卒業し、小樽中学校の教師となり、昭和二年（一九二七）に東京商科大学（現一橋大学）へ入るまでの、二十歳から二十二歳までのことが書いてある。ここで伊藤は、根上シゲル（作中では重田根見子）という女と情事を持っていたことが書かれており、曾根博義の『伝記伊藤整』によると、ほぼ事実だという。

二人は盛んにセックスするのだが、その場所は、浜辺、屋内、あるいは当時の男女密会の場所だったそば屋の二階まで使っている。だが二人の関係は一年ほどで終わり、というのは根上シゲルが、関西学院の学生と恋愛が生じて、その年末に駆け落ちしたからである。これは大正十三年から十四年にかけてのことだが、伊藤はシゲルに逃げられたことを隠すために一年ずらし、自分のほうが上京して別れが生じることにした、と曾根は考証している。

大正十五年（一九二六）暮れ、まだ小樽にいた頃に、伊藤は詩集『雪明りの路（みち）』を上梓して好評を得るが、それで少なくとも三人の文学少女から手紙をもらい、文通している。一人は大阪の少女で、その後上京してダンサーになり、伊藤も何度か会っている。一人は近所、渡島半島の野田生（のだおい）に住む小川貞子で、手紙を読んだ伊藤はこの女性に最も好感を抱き、昭和三年（一九二八）三月か四月に札幌で会っている。美人だったから、会った瞬間、結婚するならこの人だ、と思ったという。二人の当時の往復書簡は、息子の伊藤礼が編纂した『伊藤整氏こいぶみ往来』に収められており、これに載っている若いころの貞子の写真を見ると確かに美人である。伊藤は結婚後、夫婦の諍いがあると、このことを言って宥めようとした。

新潟の少女・高山タミとは、貞子と会っている間も文通していたが、タミは写真を送ってきたけれど、あまり美しくはなかった（これは曾根著に載っている）。曾根の推定では、伊藤は昭和四年末頃、タミに会いに新潟まで行き、体を求めて拒絶され、関係が途絶した。その後伊藤は貞子と結婚し二人の男児をもうけ、文名もあがり、昭和十年（一九三五）に出したD・H・ロレンスの『チャタレイ夫人の恋人』の削除版の翻訳も売れていたころ、タミの恋人と称する男の激しい攻撃を受ける。タミは上京して働いているうちに肺結核を病み療養中だった。伊藤の知人でその男の知り合いに調停を頼んだりしているうちに、タミは二十九歳で死んでしまう。

その世界では知られる、左川ちかという女性詩人とも関係があった。ちかは、小樽時代の友人だった川崎昇の妹で、本名は川崎愛(ちか)である。昭和三年(一九二八)、小樽高等女学校の補習科を終えた愛は兄を頼って上京し、しばしば伊藤を訪ね、夜まで語り合って、泊まっていくこともあった。しかし伊藤は愛が泊まっていったことなどを北海道にいる貞子宛の手紙に書いている。曾根は、しかし貞子も、愛の友人・小林次子も、伊藤と愛の関係の意味がつかめなかったらしい、と言う。

伊藤は昭和五年(一九三〇)九月に貞子と結婚するが、それからも悪びれもせず愛と会い続けたという。愛は原稿を見てもらいに伊藤の新婚家庭へやってきて、甘えたような声を出したり、果ては伊藤の膝に手を載せたりしたから、隣の室にいた貞子はびっくりしたという。しかし愛は、昭和十一年に胃がんで早世してしまう。

ほかにも伊藤は、スリー・シスターという酒場を経営する三人姉妹の真ん中のヨネという文学少女とも関係を持ち、別れる別れると言いながら十年以上も続いたという。

しかし、ロレンスの紹介に前半生を費やし、『チャタレイ夫人の恋人』無削除版の翻訳で有罪にすらなった伊藤だが、ロレンスの妻フリーダは、年長の文学者の妻を奪ったものだし、ロレンスの女性関係は、その性の解放思想の基盤をなす自由奔放なものだったから、伊藤がロレンスに共感を覚えたのは当然だろう。

伊藤には、ベストセラーとなった『女性に関する十二章』とか、「近代日本における『愛』の虚偽」とかいう論文があって、男は結婚して三日もたつと妻にあきるとか、すぐ放蕩を始めて妻を絶望させるとか書いてあるが、それは伊藤本人の経験であって、一般論ではない。ロレンスの性愛論にしても、もて男の論であって、結婚できない男とかには適用できないものなのだ、ということが、伊藤の経歴を見るとよく分かる。

伊藤はのち東京工業大学教授となり、『日本文壇史』を延々『群像』に連載した。

＊参考文献
・曾根博義『伝記伊藤整　詩人の肖像』六興出版、一九七七
・山本茂『物語の女』に根上シゲルの取材記事がある。

円地文子
Fumiko Enchi

（一九〇五―八六）

谷崎潤一郎が一九六五年に死んだあと、生前から定められていた谷崎潤一郎賞の第一回選考会が開かれた。この時選考委員の円地文子は、自作が受賞すべきだと主張して、ほかの選考委員（三島由紀夫、伊藤整、武田泰淳ら）は、選考委員の作品は対象外だとし、対立した。

円地はその後も同様のことを主張し続け、ついに第五回、自伝的三部作『朱(あけ)を奪うもの』『傷ある翼』『虹と修羅』で谷崎賞を受賞した。武田泰淳は選評のすべてを使って、選考委員の作品が受賞するのは前近代的だと円地を批判した。

だが私は『朱を奪うもの』三部作を読み終えて、圧倒され、これは武田の負けだと思った。そこには円地の半生が賭けられていたからである。僧籍にありながら武田百合子に四回も堕胎させた泰淳にあれこれ言われる筋合いはない。

円地は、国語学者の東大教授・上田萬年（かずとし）の娘である。当初、上田文子の名で小山内薫に師事して戯曲を書き、昭和三年（一九二八）暮れ、処女作「晩春騒夜」が上演されたが、その打ち上げの席で小山内が倒れ、不帰の客となった。

その後文子は、新聞記者で、ツェッペリン号の報道で有名だった円地与四松と結婚し、昭和七年（一九三二）、娘の素子が生まれた。だが与四松との夫婦仲はよくなかった。文子は小説や随筆を書いた。そのうち、作家の片岡鉄兵との恋が生まれた。不倫であるが、これが『朱を奪うもの』三部作に描かれている。ただしヒロイン滋子は、小山内がモデルらしい演劇人の養女となっておりを変えてはある。恋人だった片岡は、元はプロレタリア作家だったが、転向して右翼になり、昭和十九年、旅先の和歌山で急死してしまう。

戦争が終わって、滋子は子宮癌の手術をするが、これも事実どおり、作家として立とうと考えたが少女小説しか道がなくそれでしのいだ、というのは半分は事実で、純文学小説を書いても文藝雑誌に載せてもらえなかったとしてあるが、実際は『小説新潮』などの中間小説誌に書いており、当時は川端康成や里見弴もよく中間小説誌には書いていた。

さて問題は、『傷ある翼』で登場する柿沼鴻吉である。これも滋子の恋の相手になるのだが、これはドイツ文学者で、カトリック系の大学の講師をしており、戦時中にドイツへ行き、胸を病んで療養所に入っていたが、退院してドイツにいて敗戦に遭い、連合軍に捕らえられて抑留され、帰国する。滋子との恋愛は戦前からなのだが、戦後、娘の美子が歌舞伎の女優になりたいと言いだし、夫との関係は仮面夫婦で苦労している時に、柿沼が帰国して何くれと相談に乗っているうちに、またできてしまう。

おそらくこれは土方与志（ひじかたよし）であろう。土方も同じころソ連に行き、戦時中はフランスへ行っていて、帰国して逮捕され、敗戦で釈放されている。

だが最後に、昭和三十年を過ぎて、滋子の作品が純文学として認められるようになるころ、柿沼は肺がんで死んでしまう。三部作はそのあたりで終わっている。

肺がんで死ぬ、というところで、これは土方与志ではないかと気づいた。土方も肺がんで死んでいるからだ。土方は戦後も左翼演劇で活動するが、小山内の弟子なのだから、円地と関わりはあったはずだ。妻の『土方梅子自伝』を見ると、戦後も土方の浮気に苦しめられたと書いてある。中で、学者の妻で、若い頃は土方と結婚させる話もあった女との浮気、とあるのが、円地のことではあるまいか。津上忠の土方評伝は、公式伝記なのでそういうことは書いていない。

なお美子の歌舞伎女優志望だが、当時の松竹歌舞伎に女優はいない。ただ前進座にはいたから、前進座の女優を志したのだろう。となればいよいよ土方との関係は深くなるわけだ。そこで滋子は美子に踊りを習わせ、歌舞伎役者の市山扇升に相談に行って、いい家の娘さんだとこちらも扱いづらいと言われる。これは小山内の三男の市川扇升だろう（一九四八年没）。

円地は戦後、少女小説を多く書いたが、母方の祖母をモデルとした『女坂』（一九五七）で純文学作家として認められる（円地には戦前『女坂』という著作があるが、これは随筆集で別ものである）。

だが、円地の「男遍歴」はこれで終わらない。円地は生計のためか通俗小説もあとあとまで書いたが、『私も燃えている』（一九六〇）というのがある。これは主人公の中年の女性作家が、姪の夫候補に恋をするという話で、その若い男は原子力の研究者である。娘の素子の夫は、冨家和雄（一九二八－二〇〇五）という、原子物理学者である。

瀬戸内寂聴によると、円地と冨家の関係はまるで恋人同士のようで、円地の晩年の作品はみな冨家との対話から生まれたのだという。『鴉戯談』（一九八一）は、カラスと老女の対話からなる連作だが、これも冨家との会話から出たものらしい。

『遊魂』（一九七一）では、蘇芳という女性作家と、留女という娘の夫の欽吾とのエロテイックな関係を描いている。

蘇芳と欽吾の、見かけには伯母甥とも、年の違う姉弟とも見られるさし向いの対話は、娘の夫に話しかける姑という世間の常識からは遠いものであった。

風呂へも一緒に入る。

「いつか留女にしていたようにして」

というと、浴槽に入って来た欽吾の首に手をかけて顔を胸にすりよせて来た。欽吾は、その胴へ手をまわして軽々と抱え上げて、重力のないような身体を自分の膝に載せたまま、湯の中に浸った。

ああこれも冨家なんだなあ、と思う。そのあたりは「女谷崎」めいている。円地は『源氏物語』の現代語訳をしているが、その中には「痴話ったりしておりまして」などという箇所がある。最後まで生々しい作家であった。

耕治人

Haruto Ko

（一九〇六―八八）

耕治人は、熊本の出身で、姓は本来「たがやす」と読むらしいが「こう」としている。上京して千家元麿に師事したが、詩では喰っていけない。ほどなく四歳下のヨシ子と結婚し、出版社で夫婦で校正や編集の仕事をして糊口をしのいだ。また川端康成を頼り、小説を書いてものにしようとした。

だが耕は、戦時中、左翼運動に関わった容疑で逮捕されている。戦後も苦労は続き、小説を書いては雑誌に持ち込むが載せてもらえず、川端の世話で単行本にしたりした。ヨシ子は、川端や高見順がやっていた鎌倉文庫で働いたこともある。そのうち、耕は精神に異常をきたす。川端の妻の弟が住む場所を探しているというので、自分が借りている土地の一部を貸す。川端は、やめておけと言ったのだが、義弟は借りてしまい、耕に対して、バカにするような口を利いたらしい。耕の家が奥にあったため、外へ出るのに義弟の家の脇を通る。それが苦痛だったか、とうとう耕は、土地を義弟にとられたと思い込み、川端をも恨んだ。耕は、川端が何か言ってくれると思ったのだろう。

事件は裁判所に持ち込まれたが、調停で、通り道の問題に過ぎないと判定された。川端の死後、しかし耕は、恩人である人に土地を騙し取られたといった妄想からなる私小説をいくつか書いた。貧しくはあったが、一九七〇年には『一條の光』で読売文学賞、七三年には『この世に招かれてきた客』で平林たい子文学賞、八一年には『耕治人全詩集』で芸術選奨文部大臣賞を受け、賞には恵まれた。

耕の妻ヨシ子が、もの忘れがひどくなったのは、八八年頃であろうか。ついには小便を漏らし、耕が後始末をすると「どんなご縁で」と言い、施設に入る時、「ご主人さんですよ」と施設の女性に言われると「そうかもしれない」と言った。耕はこれを小説にし、「命終三部作」として注目を受けたが、これらが話題になった時、耕自身はがんのため世を去っていた。

この夫婦の最後は、『そうかもしれない』の題で、二〇〇五年、桂春團治と雪村いづみで映画化され、往年のスター雪村が、小便をもらす役をやったと話題にされたが、最後は、夫の死を告げられても理解できないヨシ子で終わっていた。

ところでふと私は、ヨシ子はいつまで生きていたのか気になったのだが、どこにも書かれていない。調べると、ヨシ子は二〇〇二年十一月に、九十二歳で死んでいた。つまり夫が死んでから十四年、何も分からないまま生きていたのである。

高見順
Jun Takami

（一九〇七－六五）

私生児の男には、顔のいいのが多い。愛人の子だから母が美貌だからである。高見順もその一人だ。だが、これは尋常の私生児ではない。永井荷風の叔父に、阪本釤之助（さんのすけ）という官僚がいて、福井県知事になった。当時は官選である。その夜伽に、高見の母・高間古代（こよ）が出た。藝者などではなく普通の家の娘だったというから、どういうことか理解しづらいが、それで生まれたのが高見である。本名は高間芳雄である。

古代とその母は阪本を頼って上京し、芳雄を育て、芳雄は東大英文科を出る。阪本からは庶子として認知される。プロレタリア文学全盛の時だったから、高見は左翼運動に挺身しはじめ、左翼演劇の演出家として、女優の石田愛子（府立第一高女卒）を知ってこれと結婚するが、昭和八年、小林多喜二が虐殺されたあと、その担当刑事に捕らえられて高見も拷問を受けた上、愛子は浅草藝人の土屋伍一と恋仲になり、去られる。多喜二の虐殺で文学者らは一斉に転向し、高見も転向、水谷秋子と再婚する。秋子との間には女児が生まれたがほどなく死んでしまい、以後子はできなかった。

第一回芥川賞候補になって落ちるが、鎌倉に住んで、川端康成、久米正雄らを知り、戦後は彼らと鎌倉文庫を経営した。だが五十歳の頃、小野田房子という女との浮気があり、高見は小説『生命の樹』にこれを描いた。高見は戦前から死ぬまで日記をつけており、『高見順日記』(勁草書房)として刊行されているのだが、この浮気のことは日記に書いてないから、茫漠とした小説の記述から推測するほかはない。秋子夫人はこの小説に傷ついたようだが、昭和三十三年(一九五八)には、房子が女児を産んで恭子と名づけられた。

小野田房子はバーのホステスで、『生命の樹』は一九五四年から五六年ころのことを描いている。愛人ができたことを知った高見夫人秋子は体調を崩すし、いい気なもんだという気のする小説である。

ところが、ここでは高見は「悪魔研究会」という、四十代の学者を中心とした会合に参加し、あとから香取という文藝評論家も加わるのだが、この香取が、最後は八ヶ岳で凍死によって自殺する。ではこれは服部達(たつ)ではないか。服部達を描いた小説としては、安岡章太郎の『舌出し天使』が有名だが、あれは最期だけ服部から借りたものである。それに対して、この香取は、「陽子」とされているバーのホステスとの恋愛沙汰が原因で自殺しており、興味をひかれる。

文藝評論家の川嶋至は、『文学の虚実』でこの『生命の樹』を取り上げて鋭く切り込んでいる。『生命の樹』は、子供が生まれるところまで書いていない。川嶋は、娘が生まれたのは一九五八年一月で、「生命の樹」は五六年に前半が『群像』に連載され、あとは断続的に掲載されて、最後の箇所は五八年十一月の『群像』に載り、ほぼ同時に単行本化されたので、高見はなぜか娘が生まれたことを書かなかったとしている。円地文子は、一九六〇年に高見と金沢方面へ旅行した時、みやげ物を買った高見が、親戚に送ると言って書いていた宛名を同行の室生朝子(あさこ)が見たら「O・K子」とあった、と書いている。そして円地は『生命の樹』について、続きが書かれるべきだと思った、としており、川嶋はそれを、娘の誕生のことだとしている。

娘が五八年一月に生まれたというのは、平野謙が書いていて、五八年四月に高見がソ連へ行ったあと、ふと本棚からはみ出している高見の戸籍謄本を見た秋子夫人は、一月に娘が生まれて、高見が二月に認知していたことを知ってショックを受けた、と書いている。だが豊田穣は、平野がこれを書いた七三年七月よりわずかに先立って、高見の実名小説

「仮面の人」で同じ場面を描いている。だがこちらは、出生が昭和三十二年（一九五七）十一月四日になっている。

豊田の「仮面の人」には、秋子が怨み言の手紙をパリの高見に書き、高見が苦悩したと書かれている。『文学者の手紙 ⑥ 高見順』（博文館新社）に載っている、一九五八年夏の、高見と秋子の往復書簡では、確かに子供の話題が出ている。

だが、高見恭子の誕生は、公称では一九五九年一月五日である。講談社文芸文庫で出た高見順の著作の最近の年譜でも、恭子の出生は一九五八年一月五日なのである。芸能人に年齢詐称はよくあることだが、父親との関係ですぐ分かる詐称をしているのは、高見順が忘れられた文学者だからか。

一九五二年（45歳）ノイローゼ嵩じる。不能となる。
一九五四年（47歳）早春、バーで小野田房子（23歳くらい？）を知る。
七月、「悪魔研究会」発足、植松正、大島康正、和歌森太郎、日高孝次、佐藤弘人、村田宏雄、古川哲史。ほどなく服部達（32歳）が加わる。

一九五五年（48歳）二－三月、アジア知識人会議、アジアペンクラブ大会で、ビルマ、ダッカ、インドを回る。帰国後、房子と関係を持つ（不能解消）。十二月二十七日、房子が前の男に顔を傷つけられる。

一九五六年（49歳）一月一日、服部達が八ヶ岳で凍死。自殺と見られる。九－十二月、「生命の樹」を『群像』に連載。

一九五七年（50歳）十二月「生命の樹」第五章『群像』に掲載
一九五八年（51歳）一月五日、房子が高見の娘恭子（高見恭子）を出産。三、八、十一月「生命の樹」を『群像』に掲載。十二月、『生命の樹』を講談社より刊行。

一九五九年（52歳）『悪魔の研究』悪魔研究会編が六興出版部より刊行され、会は解散。

一九六〇年（53歳）円地文子が高見らと金沢方面へ旅行に行き、室生朝子が、高見がみやげ物に「小野田恭子」と書き込んでいるのを見て円地に話す。

一九六五年（58歳）二月、『高見順文学全集』『生命の樹』の解説で、円地文子が、続きが書かれるべき感を与えると書く。

　　　　　八月四日、恭子を高間家に入籍。
　　　　　　十七日、高見死去。
一九七三年　『日暦』の高見追悼号で、円地文子が、みやげ物の話を書く。
　　　　　高間恭子（15歳）モデル業を始める。
　　　　　六月、豊田穣が「仮面の人」で高見の子のことを書く。
　　　　　七月、平野謙も『高見順全集』解説で子のことを書く。
一九七五年　川嶋至が『季刊藝術』で『生命の樹』を論じる。
一九八四年　高間恭子が高見恭子と改名。
一九八七年　川嶋『文学の虚実』刊行。
一九九五年　小野田房子死去、66歳くらい。
二〇〇〇年　高間秋子死去、89歳。

高見はいま駒場にある日本近代文学館を、小田切進らと協力して設立のために尽力したが、五十代で食道がんに倒れた。最後には、詩集『死の淵より』を書いて野間文芸賞を受賞するが、その最後になって、小野田恭子を養女として入籍した。日記には、病床の高見のところへ恭子が連れてこられた時のことが書いてある。

昭和四十年（一九六五）七月から八月にかけて、江戸川乱歩、谷崎潤一郎、高見が相次いで死んだ。谷崎潤一郎賞はその春に設定され、詩の賞である高見順賞が設けられた。

高見の小説は、『いやな感じ』など、昭和初期の左翼運動時代を描いたものが当時評価が高かったが、今では小説は概して読むには堪えないだろう。むしろ「日記」のほうが、生々しくて優れていると言える。

太宰治

Osamu Dazai

（一九〇九―四八）

太宰治は、本名・津島修治、青森の名家の出で、父も兄も政治家、長女の夫が、自民党の津島雄二で、婿に入っている。作家の津島佑子は次女である。

東大生の時、女給の田辺あつみ（田部シメ子）と心中しようとして、あつみだけ死んでしまって太宰は助かり、そのことに罪悪感を抱いていたのは知られている。

しかし太宰は、特にあつみが好きだったわけではない。太宰には、初恋とか、好きになったが片思いに終わったとかそういう話があまりない。

太宰の「カチカチ山」では、狸が兎に恋をしてひどい目に遭わされる（というか殺されてしまう）のだが、この狸のモデルは太宰ではなく、弟子の田中英光である。太宰自身は、プライドが高く、片思いなどできない男だったのだろう。実際、太宰が、斎藤茂吉や倉田百三が書いたようなこっ恥ずかしい恋文を書くなどということは考えられない。だから、太宰の恋文というのは、戦後の愛人だった太田静子宛の尋常なものくらいしかないのである。

太宰は「道化」と自称するようなところがあったが、これは「絶対道化になりたくない」という意思の表明にほかならない。恋をするというのは、その逆の、道化になってもいい、という意思（というより、そんなことを考えない人格）から生まれるので、太宰には恋はできないのである。

岸田秀の『ものぐさ精神分析』に、『人間失格』を評して、その女への侮蔑的な視線を論じたところがある。「その頃、自分に特別な好意を寄せている女が、三人いました。……『私を本当の姉だと思ってゐてくれていいわ』。／そのキザに身震いしながら、自分は／『そのつもりでゐるんです』。／と愁えを含んだ微笑の表情を作って答えます。（略）或る夏の夜、どうしても離れないので、街の暗いところで、そのひとに帰ってもらいたいばかりに、キスをしてやりましたら、あさましく狂乱の如く興奮し、自動車を呼んで、そのひとたちの運動のために秘密に借りてあるらしいビルの事務所みたいな狭い洋室に連れて行き、朝まで大騒ぎという事になり、とんでもない姉だ、と自分はひそかに苦笑しました」というところを引いて、その冷酷さをあげつらっている。

もっともこれは、大庭葉蔵という男の手記なので、太宰がこの冷酷さを自覚していた可能性もあるし、左翼運動に対する太宰の嫌悪も混じっているだろうが、岸田は続編『二番煎じものぐさ精神分析』に収められた三島由紀夫論とともども、文学を論じたもののほうが冴えている。

太宰の場合、自分と心中してくれるかどうかで相手を試すようなところがあって、これがまことに嫌である。漱石の『三四郎』でも、美禰子が好きなのに、相手が思ってくれないならバカバカしいと思うところがあって、これが徳川期的な男性上位の恋愛思想で、太宰には私小説もあるが、花袋や近松秋江のような、自分が痴愚となって女を追い回したり泣いたりするような私小説を書くぐらいなら自殺するだろう。

太宰とかかわりがあった女性といえば、有明淑（しず）（一九一九-八一）がいる。良家の娘の文学少女で、太宰に日記を送ってきて、それをもとに「女生徒」が書かれたのである。太宰と直接会った形跡はないが、のち尋常に結婚した。

太宰が好きだった、と言われているのが、石井桃子（一九〇七-二〇〇八）である。石井は長らく、黒衣（くろご）的な翻訳家だったが、『幻の朱い実』（一九九四）という自伝的長編小説を出して読売文学賞をとった。とはいえ世間の反響はいま一つだったのだが、今世紀に入る頃から、この小説に描かれたレズビアン的な関係が注目され、小里文子という その相手が、横光利一と一時同棲し、のち早世したことでもスポットライトが当たった。

のみならず、ロフティングの「ドリトル先生」シリーズは、井伏鱒二が訳したことになっているが、別に隠していたわけではなくて、『ドリトル先生アフリカゆき』のあとがきに、石井桃子が訳したのに井伏が手を入れて、さらに石井が直した、と書いてあり、石井の文章で、それはすっかり井伏のものになっていた、というのがある。

ところが、尾崎真理子『ひみつの王国　評伝石井桃子』を見ると、そこのところが、妙な書き方になっている。井伏のところへ出入りした件では、太宰治が石井を好きだったという話が出てくる。だが「ドリトル先生」については、「石井と井伏が熱心になって出した」とあり、石井が提案し、プロデュースして出した、としつつ、「井伏が訳した」とも書いてなければ、石井が代訳したとも書いていない。つまりは井伏に遠慮した結果としか思えないのである。井伏は手紙で「代訳の人が訳したのを私が手を加へたもので心苦しい代物です」と書いている。

石井は太宰の二つ上なので、昭和十五年とすれば、太宰三十一歳、石井三十三歳だったことになる。石井の写真では、眼鏡をかけて上を向いたのが知られているが、一般的な美人ではなく、眼鏡萌え系の知的キュートで、もしかしたら太宰は、山崎富栄のような水商売的美女よりも、こういう知的女子が好きだったのかもしれないと思う。

大岡昇平
Shohei Ooka

（一九〇九―八八）

大岡昇平の父は、いわゆる「株屋」だという。それはともかく、母は元藝者で、大岡は成長するまでそのことを知らず、知ってショックを受けた。渋谷あたりに住む金持ちの坊っちゃんで、成城中学へ行き、小林秀雄にフランス語を習ったが、東大ではなく京大へ進み、神戸の酸素会社に勤務しながら、スタンダールの翻訳や研究をしていて、作家になるという意思は特になかったが、中原中也や富永次郎を知り、交友があった。

戦争があって徴兵され、フィリピン戦線に送られ、敗戦で捕虜となって収容所へ入れられ、帰国する。すでに三十六歳である。結婚もしていたが、敗戦で職を失い、作家としてやっていくことになる。小林は「描写なんかするんじゃねえぞ、お前さんの魂のことを書くんだぞ」と言った。

初期の大岡は、フィルポッツの『赤毛のレッドメーンズ』の翻訳などをしており、これは生計のためだろうが、講談社文芸文庫の著作一覧ではこれが抜けている。一九五〇年に出した『武蔵野夫人』が、姦通小説としてベストセラーになった。

一九五三年から一年、ロックフェラー財団奨学生として、四十四歳で米国へ渡り、はじめスタンダールの研究を題目に掲げていたが、なんで米国でスタンダールだ、などと言われ、ポーに切り替えた。

特に売れる小説を書いたわけでもないし、大岡の生計がどのように成り立っていたのか、あるいは父の遺産でもあったのか。

浮気をするにはカネが要る。大岡の愛人として知られ、のち『花影（かえい）』に描かれた坂本睦子（一九一五-五八）は、文士の間をたらい回しにされたと言われる。静岡県出身で、孤児同然に育ち、上京してバー「はせ川」に勤めるが、直木三十五に強姦同様にして処女を奪われたのは十五歳の時である。翌年、青山二郎が出した銀座のバー「ウィンゾア」に出て、中原中也と坂口安吾が彼女を奪い合い、安吾が勝って安吾の愛人になるが、菊池寛にも庇護され、小林秀雄にも求婚されたが、これを断り、オリンピックの選手と京都へ駆け落ちしたという。

それからまた東京へ戻り、番衆町（ばんしゅう）の喫茶店「欅（けやき）」に勤めたあと、昭和十年（一九三五）、工場主をパトロンとして銀座に「アルル」という自分の店を持った。時に二十歳である。十三年頃から河上徹太郎の愛人となって、河上との関係が一番長く続いたという。戦後、昭和二十二年（三十二歳）からまた銀座へ出て、バー「ブーケ」で働く。二十四年（一九四九）には、青山二郎が睦子のアパートに住んでいたこともある。二十五年、青山が命名した「風さん」が開店し、ここに勤めている時、大岡昇平と関係ができ、大岡の米国留学を挟んで八年近く愛人関係にあった。その後睦子は「ブーケ」の支店「ブンケ」に出ている。しかしために大岡は夫人の自殺未遂のようなことがあって何度か別れを考えたという。

宇野千代、白洲正子とも親しかったが、昭和三十二年（一九五七）ころ、大岡と別れ、一年後の四月、自室で睡眠薬自殺を遂げた。数え四十四歳である。直後に白洲は『文藝春秋』六月号に「銀座に生き銀座に死す‐昭和文学史の裏面に生きた女」という追悼文を書いた（『行雲抄』所収）。

大岡は知らせを受けて駆けつけ、突然泣き出したという。四十九歳である。そのあと、『中央公論』八月号から、「花影」の連載を始めた。

ところが、『花影』は、大岡と睦子がどう知りあってどうなったかということを書いたものではない。むしろ、大岡と別れたあとどうなったという形で、やや曖昧に書かれており、最後に自殺したのは青山二郎が骨董品の取引に睦子を使ったためだと、青山を批判する形になっており、白洲正子が怒っている。

当時、高見順も、妻との板挟みで自分が苦しんだところを書いていない、と批判したが、これは『生命の樹』を同じ頃書いている高見ならではの発言だろう。

しかし『花影』は、毎日出版文化賞と新潮社文学賞を受け、名作ということになっている。それでもおかしいところがあり、大岡と睦子（作中では松崎と葉子）は一緒に吉野へ行き、桜を観て、「もし葉子が徒花（あだばな）なら、花そのものでないまでも、花影を踏めば満足だと、松崎はその空虚な坂道をながめながら考えた」というところから題名がついているのだが、最後に松崎が葉子と再会し、肌を合わせる際、一緒にタクシーで九段の桜を見ながら、葉子は「とうとう吉野へは、もう一度連れてってくれなかったわね。うそつき」と言う。だが、最初の版では「もう一度」がなく、一九八二年の岩波書店『大岡昇平集』に大岡が書き込んだのを没後の筑摩書房の全集（一九九五年）で初めて活字にしたものだ。だから私が最初に新潮文庫版で読んだ時は「もう一度」がなかった。実際に行ったにせよ、大岡はそれを書いたことを忘れていたのではないか。当時の批評でそのことに触れたものがないか、探したが見つからなかった。不思議な小説だが、私は高見と同じ理由で評価しない。しかし、坂本睦子ファンというのはいて、久世光彦は睦子をモデルに『女神』を書いている。

大岡は強面ではあるが、まあもてる部類だろう。この時すでに四十九になっており、以後は浮気はなかったようだ。

中里恒子
Tsuneko Nakazato

（一九〇九－八七）

中里恒子は、女性初の芥川賞作家である。横光利一に師事して川端康成の『乙女の港』を代作した。受賞作「乗合馬車」は、自身のきょうだいの国際結婚を扱ったものだったが、戦後、今度は娘が国際結婚をすることになり、中里がこれに反対するという一幕もあった。

戦後も地味な作家だったが、やはり代作をした川端の存在は重荷だったのか、川端の没後、読売文学賞などをとり、藝術院会員にもなった。

一九七七年に出した長編『時雨（しぐれ）の記』は、のち九八年に吉永小百合、渡哲也で映画化されるが、刊行当時も少し話題になったらしい。堀川多江という、夫とは死別した中年女性と、壬生（みぶ）孝之助という、会社社長の初老の実業家との恋愛を描いたもので、最後は壬生が多江の家で急死して終わる。

『週刊朝日』一九七八年三月十七日号の「静かなブーム呼ぶ「しぐれの恋」　大人のメル

ヘン・中里恒子の「時雨の記」によると、女性読者の反響が大きく、「しぐれ族」という流行語まで生まれたというが、当時高校へ上がるところだった私の記憶では、そう大したことはなかった。

問題はこれが中里の実体験かということだが、どうもそうらしい。河出書房新社の編集者だった田邊園子の『女の夢男の夢』によると、田邊は中里とともにその相手の実業家と福岡に遊び、唐津焼を見たりして、男は部下たちにあれこれ指示しており、中里は自分にこんな恋人がいると誇るようだったという。そのあと、中里は、秘密を知られたせいか、田邊によそよそしくなったという。

そして、一九七一年秋の『季刊藝術』に載った中里の「残月」が、その夏の男の急死を描いており、男はその夏の暑い盛りに、七十二歳で中里宅で、スイカを食べたあと、心筋梗塞の発作で急死したという。

これに該当するのは小原勝守（おはらかつもり）で、一八九九年（明治三十二）生まれ、安藤建設の会長・取締役で、安藤勝五郎の孫にあたり、慶大経済学部卒、安藤建設の重役、社長を務め、一九七一年八月十七日午後三時二十五分、心筋梗塞のため自宅で死去、と「読売新聞」にある。もちろん、死んだのは自宅ではないが、こういう時は自宅にするものだ。オーナー社長だから、部下たちを遊びの旅行に連れていったりできたのだろう。中里の十歳上だから、中里の四十代半ば、小原の五十代半ばからのつきあいだったのだろう。

第五章

大正生まれ

檀一雄
Kazuo Dan

（一九一二―七六）

『火宅の人』というが、「火宅」とは仏教の喩で、自分の家が火事になっていても、その中で遊び戯れる子供をさしたもので、この世が苦しみの世界であることを悟らず享楽に耽る人間をさして言ったものだ。だが、檀の『火宅の人』が、この意味を正確に移しているかどうかは疑わしく、確かに愛人を作った檀は、障害児もいる家をよそに享楽に耽っているが、それは仏教の意味とは違う。

檀一雄は山梨の生まれだが、技師である父・参郎の転任により各地を転々とした。九歳の時に父の勤務先が足利工業学校だったため栃木県にいたが、母トミが医学生との恋愛の果て、一雄をふくむ三人の子を残して出奔した。のち父と離婚し、高岩勘次郎と再婚している。こういう血が、一雄にも流れていたのだろう。トミが勘次郎との間に産んだ娘・耐は、笠啓一と結婚し、笠耐の名で科学教育者となり、上智大学助教授を務め、一雄とも親しく行き来していた。

　一雄は福岡高等学校から東大経済学部を卒業し、その間に、太宰治らの友人となり、佐藤春夫に師事して小説を書き始める。その後戦争が始まり、満洲に渡り、帰国後、高橋律子と昭和十七年に見合いで結婚する。律子は長男の太郎を生んだあと、腸結核で病臥し、敗戦をはさんで翌年死去する。『リツ子・その愛』『リツ子・その死』にこの時のことが実名で描かれている。これは名作である。

　その七ヶ月後には、山田ヨソ子と再婚しており、これが檀ふみの母である。だが翌昭和二十二年、女優の入江杏子（本名・久恵、一九二七－　）と知り合い、これが生涯の愛人となる。『火宅の人』は、二十年かけて断続的に『新潮』に掲載されたもので、その最初は昭和三十年の「誕生」、ないしは三十六年の「微笑」である。次男の次郎は日本脳炎で、昭和三十九年に十四歳で死んでいる。一雄が五十二歳の年である。一九七一年に『火宅の人』の最後から二番目の部分を書いてから、七五年、肺がんが見つかり、病床で口述筆記して最後の「キリギリス」を完成、十一月に単行本として『火宅の人』が刊行されて、翌七六年一月二日、檀一雄は死んだ。『火宅の人』が売れ、読売文学賞と日本文学大賞を受けたのはそのあとのことである。

入江杏子は劇団民藝の女優で、映画、テレビに出たりもしたが、今どうしているか分からない。

当時の帯文には「世にはびこるマイホーム主義に敢然と対決し」などと書いてあったが、これは一人の男の半世紀として、その事実性を尊重して淡々と読むべきものだろう。

＊参考文献

・入江杏子『檀一雄の光と影「恵子」からの発信』文藝春秋、一九九九

織田作之助

Sakunosuke Oda

（一九一三－四七）

太宰治が銀座のバー「ルパン」で片足をあげている有名な写真がある。林忠彦の撮影だ。だがこの時、林が撮っていたのは当時人気絶頂の織田作之助である。太宰が「おい、オダサクばかり撮ってないでこっちも撮ってくれよ」と言った。林は太宰を知らなかったが、当時『斜陽』を出して人気上昇中、と人から教えられて撮った。

オダサクは大阪の生まれである。元は鈴木姓で、織田鶴吉の私生児だったが、のち母が鶴吉と結婚したので正式に織田姓になった。

無頼派といえば、オダサク、坂口安吾、太宰をさすが、オダサクの無頼は本格である。第三高等学校へ進むが、文学と放蕩で二回落第しついに退学。昭和九年（一九三四）、東一条のカフェーの女給をしていた同年の宮田一枝を知り、すぐ同棲を始める。宮田家とはもめた。一枝は北白川へ転居すると向かいのカフェーで働き始め、オダサクは嫉妬に苦しむ。一枝が外泊したので怒って卒業試験を放棄。

のち一枝と上京して、小説を懸賞に出したり、スタンダールの『赤と黒』のジュリアン・ソレルという色悪に自分をなぞらえたりするが、昭和十四年（一九三九）、一枝と結婚式を挙げる。このあと作品「俗臭」が芥川賞候補になる。だが体は肺結核にむしばまれていた。

戦時中の昭和十八年（一九四三）、三十歳になるオダサクは、井上正夫劇団の芝居に出ていた女優の輪島昭子（当時二十二歳）を知り、関係が生じる。

だが翌年一月、一枝が子宮がんのため入院、手術をするが、八月、死んでしまう。オダサクは慟哭（どうこく）して遺書を書くが、年末には大阪で輪島昭子と同棲していた。

演劇脚本や放送劇の仕事が多かったが、敗戦を迎え、歌手の笹田和子に恋をして、昭子とは別れる。翌年、和子と結婚式をあげるのだが、春に突然流行作家となり、大量の仕事をこなし始める。九月に、志賀直哉から「汚らしい」と言われ、反撃をする。二年後に太宰も志賀に批判されて反撃しているが、オダサクのほうが先だったわけだ。

だが疲労困憊、昭和二十二年一月十日、大喀血の末、オダサクは死んだ。満三十三歳であった。そばにいたのは昭子。

おかしいのはその後で、結婚していない昭子が「織田昭子」を名のり、オダサクの若い友人で川端康成の弟子だった石浜恒夫とできた。石浜も作家を目ざし、東大美術史に学んでいたが、昭子は、二言目にはオダサクを持ち出して石浜をケナす。石浜はそれを小説にして、芥川賞候補にはなったが、あとが続かなかった。二人は別れ、昭子は銀座のバーのマダムになり、織田昭子の名で著作『マダム』を出した。

余談だが、オダサクが戦後「京都日日新聞」に連載した『それでも私は行く』という小説がある。これは京大の文学教授らとオダサクの交友を脚色したものだが、サンケイ新聞の永田照海の「伊吹武彦さんのこと」（『年間ベスト・エッセイ集　午後おそい客』文藝春秋）によると、京大フランス語教授の伊吹をこの小説に「山吹」の名で登場させたが、祇園の料亭へくりだすところで、新聞の誤植でそれが「伊吹」と本名になってしまい、伊吹が苦情を言ったら、翌日、「山吹教授がいたと書いたのは間違いで、教授は教え子の結婚式の仲人をしていて欠席だった」と書いたという話がある。そこは単行本版では、「林檎の唄にかけてはかなりのうんちくのある山吹教授は、明日結婚式があるので欠席した。

山吹教授が結婚するのではない。山吹教授の媒酌する結婚式があるという意味だ。

山吹教授の林檎の唄がきけないというので代って島野二三夫が文若という一寸色っぽい藝者の三味線で唄っていた。」となっている。なおこの小説に「奇禍として」とあるが、これは全集の誤植で、単行本では「奇貨として」となっている。

＊参考文献

・大谷晃一『生き、愛し、書いた。織田作之助伝』講談社、一九七三

田中英光
Hidemitsu Tanaka

（一九一三－四九）

田中英光は、『オリンポスの果実』で知られ、太宰治に師事し、「カチカチ山」の狸のモデルと言われ、太宰の自殺から一年後、三鷹のその墓前で自殺したことでも知られる。作家・田中光二の父でもあり、光二が数年前に自殺をはかった時も、血は争えないと思ったものだ。

だが、初期の武者小路実篤ばりの、純然たる片思いの記録である『オリンポスの果実』の世界から、戦後の「無頼派」と呼ばれた田中の行状と作品を見ると、とても同一人物とは思えない。まるで二人の田中英光がいるようだ。

田中は大男で、昭和七年（一九三二）、十九歳の時、早稲田の競漕（きょうそう）の選手としてロサンゼルス・オリンピックに参加した、その時に、高跳び選手の女性に恋をしてしまうのである。当時は船で太平洋を渡るから、船上で二人の関係が何かと噂になった。だが実際には何もなくて、英光は彼女の心がつかめないまま、話は終わる。

　相手の女性は作中では熊本秋子とされているが、モデルは相良八重、英光と同年である。決勝では十人中九位に終わり、帰国後は学校の体育教師をして、『オリンポスの果実』が発表された昭和十五年（一九四〇）に結婚、一九六七年に五十三歳で死んでいる。

　田中のほうはそれより先、昭和十二年に小島喜代子と結婚し、四人の子供を儲けた。『オリンポスの果実』で池谷（いけたに）信三郎賞を受けたが、戦時下に入り、戦後は共産党に入って、新宿で知った若い山崎敬子（のりこ）を愛人として、私小説や、カストリ雑誌の小説を濫作した。敬子は「野狐（やこ）」などの私小説に登場する。だが英光は、酒とアドルムという薬の中毒になり、ある日、別れたいと言った山崎敬子を包丁で刺し、松沢病院に収容された。不起訴になったが、三鷹の禅林寺の太宰の墓前でアドルムを三百錠と焼酎一升を呑んで手首を切った。近所の子供が大男が苦しんでいるのを発見し、大人が呼ばれて近くの井の頭病院に運ばれ、新潮社の野平健一がかけつけた。その夜九時半過ぎ、死んだ。

　山崎敬子はその五年後の昭和二十九年（一九五四）暮れ、パトロンに贈られたジープの運転を誤り、五反田駅前で事故を起こして死んだ。

田中英光については、若いころの西村賢太が盛んに研究しており、英光の友人だった宇留野元一にも話を聞いたりして『田中英光私研究』を私家版で出していた。芳賀書店から全集も出ているし、研究も少なくはないが、いざ作品にあたると、とても読みとおす気にはなれないくらいひどい。

＊参考文献

・南雲智『田中英光評伝　無頼と無垢と』論創社、二〇〇六
・竹内良夫・別所直樹『田中英光愛と死と』大光社、一九六七

木下順二
Junji Kinoshita

（一九一四—二〇〇六）

木下順二は、有名だが何だか変な人である。とにかく「夕鶴」の人である。『平家物語』を劇化した「子午線の祀り」というのがあったが、あれは「群読」という手法がかっこよかったので、テキストそのものが特に優れているかは、疑問である。

『無限軌道』という小説があって、毎日出版文化賞を受賞している。だが今では誰も読まないし、出た当時から、木下の家族まで、こんなもののどこが面白いんだろうと言っていたという。

美内すずえの大河マンガ『ガラスの仮面』は、馬琴の『八犬伝』みたいになってしまって、途中まではトントンと進んだのが停滞し始め、美内は、ラストシーンまで出来ている、と言うのだが、それが物として出来ているのか、美内の頭の中でできているのか分からないし、おそらく『ガラスの仮面』の最後が見たかったと思いつつ死んでいった人も多いのではないかと思う。

そこで、演劇界の伝説的名作とされる戯曲「紅天女（くれないてんにょ）」は、「夕鶴」がモデルだとされている。今は亡き劇作家・尾崎一蓮（いちれん）の作品で、月影千草はこの一蓮の恋人だったかで、これを主演した往年の大女優ということになっている。『ガラスの仮面』が始まってから四十年はたつので、作品内の時間は数年間ということになるのだろう。

さて、「夕鶴」といえば山本安英（やすえ）（一九〇六-九三）だが、「夕鶴」初演は一九四九年だから、四十三歳だったことになる。そして木下は、実際に山本の年下の愛人だったのだが、山本のほうが先に死んでいる。もう一つ、杉村春子の「女の一生」というのもあるが、これも作者の森本薫は杉村の愛人で、しかし早くに死んでいる。

「夕鶴」は一九八六年、山本八十歳まで再演され続けたというから、私はその気になれば観られたはずだが観ていない。鮫島有美子によるオペラ版はＤＶＤを買って観た。「女の一生」は、杉村が死んだあと、文学座で平淑恵（たいらよしえ）が後継者指名されたが、うまくはいっていないようで、こういう、主演女優がいなくなると消えてしまうような戯曲というのは何だろうと思う。

山本安英は、大正中期、山本千代の名で、小山内薫らの演劇に出ていた時、詩人の大手拓次（一八八七—一九三四）に恋されたことがある。拓次は萩原朔太郎の先駆とされる詩人である。すれ違いざま、恋の詩を書いた手紙を山本に渡したが、恋は実らず、大手は若くして死んだという。

私は木下順二を一度見たことがあって、それは英文科の教授だった中野里皓史（なかのりこうし）先生が死んだ時の葬儀に、町田の駅からけっこう歩いて自宅へ向かう途次のことである。木下は東大英文科卒で、シェイクスピア作品の翻訳もしており、その史劇をまとめて「薔薇戦争三部作」と題して上演したこともある。その史劇の刊行の際に、解説を書いたのがシェイクスピア専門の中野里先生だったという縁があったのである。

競馬が好きで、『ぜんぶ馬の話』などというエッセイで読売文学賞をとっているが、特に本が売れるとは思えないから、どうして生計が成り立っていたのかと思ったら、共産党員が買っていたらしい。

＊参考文献

・不破敬一郎「木下順二と山本安英」『図書』二〇〇八年十二月、二〇〇九年二月

野間宏
Hiroshi Noma

（一九一五－九一）

私は高校生の頃、野間宏の作品をわりあい読んだのだが、どれもつまらなくて難儀した。当時は『青年の環』は文庫になっていなかったから読まなかったが、講談社文庫にあった『わが塔はそこに立つ』だけで十分分厚くてつまらなかった。

その中に、『神曲』を念頭に、「ホーマー──ホラチウス──オヴィディウス──ルカヌス──ヴィルギリウス──ダンテ──カイヅカ・ソウイチ」と、偉大な詩人の系譜を書いて、その下に主人公・海塚の名前を入れた箇所があり、これは私小説的なものだから、それは「野間宏」なわけで、いやあずいぶんな人だなあと思った。

実際、野間宏は、『青年の環』で「全体小説」を完成した偉いということになぜかなっていて、死んだ時は新聞の一面トップに出ていた。『青年の環』は、全五冊で岩波文庫に入っていたが、一冊が八百から九百頁あるもので、八千三百枚になるらしい。十五年戦争時代に、大阪で部落の福祉に従事する若者を描いたもので、呉智英によると、これが岩波文庫に入っているのはヘッジだろう、ということだった。私もちょっとのぞいたがげんなりして読んではいない。

河出書房新社の編集者だった田邊園子は、野間について、「大作家野間宏。傲慢不遜な芸術至上主義者。巨大なエゴ。甘やかされたビッグ・チャイルド。無類の欲ばり。ウソつきの戦略家。黒々と涯(はて)なく広がる深いカオスの棲息者。泥濘の沼から躍りでる変幻自在の人物群」と書いている。最後のほうは褒めすぎだが、田邊は野間に「迫られた」ことがあるらしい。

仕事の関わりがなくなって久しい作家から、ある日突然、社に呼び出しの電話があった。対談のため外出するから、と帰りの時間と指定の場所だけを告げ、用件を言わずに一方的に彼は電話を切った。

（略）

「作家は女性を知らなくては作家とは言えない。僕はあなたのことを何も知らないので、あなたのことを知る必要がある」私はようやく意味に気づいた。

彼とは仕事を通じて長い付合いだった。彼はよく知っている作家だった。彼の一方的な論法は、私にとって何の意味もない。私を小説の材料になさりたいのですか、と私は反駁した。彼は私には耳を貸さず、やりますか、窓が明るすぎる、カーテンを閉めよう、と呟いて立ち上がったのだ。私は呆気にとられ、息をのんだ。咄嗟の対応に戸惑ったその時は、ちょうど運よく玄関のベルが鳴りひびき、予定より早すぎた客の訪問によって、彼はすぐ平生の自分に立ち戻った。

これは一九七四年のできごとで、野間は五十九歳、田邊は三十七歳である。

そのころ、私の社の文芸雑誌（『文藝』）に連載中だった彼の作品は、次号で突然打ち切りになった。作者の都合で予定の変更したことが伝えられた。

その最終回は少女の「言葉」に「行き先奪われ　方位なくした」男の失意の状態が描かれていた。それは、事件の三日後に担当編集者に渡された原稿であることが判った。

この「作品」というのは詩で、詩集『忍耐づよい鳥』に入っている。田邊が前の号の詩を見てみると、そこにも「少女」が出てきて、野間が田邊を幻想の中で「少女」にしていたことが分かる。

作家の死後、野間宅で、夫人と事件の話をした。未亡人は、「ひっぱたいてやればよかったのよ！」と言って、安置された遺骨を握り拳でコツンと叩いた。夫人の推測によれば、作家の内部では何年も前から〝予定〟されていたらしいので、本人にとっては唐突の言動ではなかったのだろう。

別に売れる作家ではないのだが、左翼方面に需要があったらしい。

＊参考文献

・田邊園子『女の夢男の夢』作品社、一九九二
・黒古一夫『野間宏』勉誠出版、二〇〇四

島尾敏雄
Toshio Shimao

（一九一七－八六）

檀一雄の『火宅の人』と島尾敏雄の『死の棘』は、いずれも一九七〇年代後半に長い時間をかけて完成した、戦後日本の二大私小説であろう。どちらも、自身の浮気を描いているが、『死の棘』のほうは、浮気そのものではなく、それを知って狂う妻を描いたとも言える。

島尾は、九州帝大を出て、奄美で特攻水雷艇の隊長をしていた。ついに特攻はならず敗戦を迎えたが、そこで知り合ったミホ（一九一九－二〇〇七）と結婚し、作家活動に入り子も生まれるが、敏雄の浮気がきっかけで妻が狂って行き、敏雄も精神を病んで、奄美大島へ戻って図書館長をしながら作家を続ける。

『死の棘』は、その妻が狂うところを描いたもので、全体にユーモアが漂っている。特に妻が精神病だと医師から聞かされて、トシオ（作中の表記）が「ききちがいではないかと思った」と書いてある中に「きちがい」が入っていたり、暗鬱な家庭で、使いに出た長男(写真家の島尾伸三)が、どぶに落ちて下半身をどぶどろにして帰ってき、トシオが膝から崩れ落ちそうになるところなど、悲惨のあまりに笑ってしまう。名作である。

島尾には、特攻隊体験を描いたものなど、ほかの小説ももちろんあるが、『死の棘』だけが屹立している。

ミホのほうも、奄美の自然を描いた『海辺の生と死』(一九七四)を刊行して田村俊子賞を受け、一種の文学的人物となった。だが、『死の棘』に感銘を受けて『海辺の生と死』を読んだ私は、失望した。

島尾の死からちょうど二十年生きたミホは、ある不気味な人物になっていった。島尾没後、ずっと喪服姿で暮らし、人々の「南島幻想」に応える形で、巫女のようにふるまったのである。

『死の棘』のミホを「南島の女」として、異界から来たと位置付けたのは吉本隆明だが、私にはオリエンタリズム的な読解でバカバカしいとしか思えなかった。しかし『死の棘』の愛読者に「加計呂間島」といった地名が独自の響きをもったのは否めない。奄美・沖縄は、文学的幻想をまといつかせる傾向があるが、『死の棘』をそんな風に読むのは、解釈装置に当てはめないと文学を読めない文藝評論家の脆弱性をあらわしてもいた。

『死の棘』が映画化されたのは一九九〇年で、トシオを岸部一徳、ミホを松坂慶子、愛人の「邦子」を木内みどりが演じたが、木内みどりがみごとに「愛人顔」であり、岸部はまたみごとに「愛人を作る夫」だったため、その翌年の大林宣彦監督、赤川次郎原作の『ふたり』でも、愛人を作る夫役を演じていた。

ところが私は、この愛人が誰か、ということは考えなかった。いずれ水商売の女か、あるいはただの人だと思っていたからで、『死の棘』には愛人が何者かを匂わせる描写はなかった。

島尾敏雄には、信者的な研究者たちがいる。「島尾紀」と題された著作を次々と出している寺内邦夫などはその最たる者だろう。「紀」というのは、皇帝や王の伝記につける語である。島尾を崇めているのである。二〇〇七年にミホが死ぬと、島尾の背後の事実に関する探索が本格化した。

その一つ、桐野夏生が『ＩＮ』（二〇〇九）で、小説だから変名にしてはいるが、島尾の愛人探しをして、その相手を畔柳二美（くろやなぎふみ）としたのには驚いた。畔柳は、戦後活躍した女性作家で、『姉妹（きょうだい）』で毎日出版文化賞を受けている。桐野は、泉大八の証言としてこれを聞き、いったんは畔柳説を撤回するのだが、最終的にまた畔柳に戻ってくる。ほかにも、島尾の文学仲間に近かった、自殺した久坂葉子説もあるようだったが、これは自殺した時期のあとに島尾の浮気があるから違う。

私が『ＩＮ』を読んだ時、すでに『新潮』に梯（かけはし）久美子の「島尾ミホ伝」が連載されていたから、図書館へ行ってバックナンバーを見たら、島尾が属していた「現在の会」にいた、作家志望だったが小説を発表したことはない市井の人として明らかにされていた。梯は「川瀬千佳子」という仮名を用いているが、連載第十三回（『新潮』二〇一四年三月号）の「同年（一九五二年）十月発行の三号を見ると、五名の編集担当者の中に島尾とともに千佳子の名があり、五号には「基地の子供を守る全国大会に出席して」という千佳子の署名記事がある」という箇所が、単行本では名前の特定を避けるためだろう、削除されている。河辺智恵子が実名である。

梯によると、『死の棘』は、むしろ島尾とミホの協力によってできあがったもので、しかもミホは奄美の出身ではなく東京生まれで、狂気もなかば小説のための狂気だったとされている。それにしても、梯の『狂うひと　『死の棘』の妻・島尾ミホ』がこんなに人気があるのに、私小説を書く作家に光が当たらないのはどういうものであろうか。

＊参考文献
・梯久美子『狂うひと　『死の棘』の妻・島尾ミホ』新潮社、二〇一六

有馬頼義
Yorichika Arima

（一九一八―八〇）


　有馬頼義は、直木賞受賞の流行作家で、「兵隊やくざ」シリーズの原作や、推理小説『四万人の目撃者』などがあり、当時は、松本清張と並ぶ社会派推理小説の巨匠と言われたこともあるが、今では忘れられた作家だろう。

　名前で分かるように、筑後久留米の有馬家の当主の大名華族の出で、父は伯爵で政治家の有馬頼寧である。戦後、没落した口で、大川周明をモデルにした「終身未決囚」で直木賞を受賞した。

　父・頼寧は戦時中に大臣を務めたため、戦犯となった。頼義は、その家風に反発して生きた。有馬家では、明治になってから妻は宮家から迎えており、頼義の母も北白川宮家の出だったが、頼義は、昭和十九年（一九四四）、反対を押し切って藝者と結婚した。そのことは長編小説『夕映えの中にいた』に描かれている。ここでは妻が主人公で、夕子とされており、周囲の男たちは「雲」「雨」「露」「火」などの名で書かれている。これは『とはずがたり』をまねしたものだろう。そして「露」が有馬である。妻はしかし、有馬家では人間扱いされず、「奥様」と呼ばれず名前で呼ばれていたという。

自筆年譜には、直木賞をとったあと一年近く注文がなくて苦しんだ、と書いてあるが、これは嘘である。林芙美子の項で述べたように、作家はなぜかこういう被害妄想的な嘘をつく。

有馬の長男・頼央（よりなか）は一九五九年の生まれで、こちらは父に反発して水天宮の宮司になっている。

さて、有馬は、中央公論社の優秀な女性編集者で、三枝佐枝子（さえこ）のあとの『婦人公論』編集長と目されていた畠中久枝（一九三〇-　）と恋愛関係になる。一九六二年頃のことである。畠中も夫がいたからダブル不倫だが、そのため離婚した上、六三年、会社を辞めた。澤地久枝である。

有馬は、澤地との不倫について、「中年の彷徨」として、『文學界』一九七一年一月から七二年五月まで連載したが、未完で中断しており、単行本にもなっていない。そこに、有馬と澤地が使った連絡用ノートの内容が書かれている。これだと、その部分の著作権が澤地にあることになる。なおここでは、有馬は睡眠薬に頼らなければ小説が書けない作家として描かれているが、事実有馬はブロバリンという睡眠薬の中毒で、家族は近所の薬店に、有馬にブロバリンを売らないでくれと言っていたが、有馬は製薬会社の宣伝をして販売員から手に入れていた。

だがこの小説が中絶したのは、澤地の抗議があったからではないだろう。連絡用ノートの内容は早くも第三回から明らかにされている。中絶した原因は、川端康成の自殺である。連載の最後のほうは、三島の自決に続いて、川端が都知事選で秦野章を応援したことが書かれており、有馬（露）が、これでは美濃部を応援できない、と言っている。川端の自殺は七二年四月だが、これが有馬には衝撃だったようで、自身もガス自殺をはかる。学校から帰ってきた中学二年の頼央がガスを止めたので未遂に終わったという。以後ほとんど小説が書けないまま、一九八〇年に死ぬ。

澤地は、退社後、有馬とも別れ、五味川純平の助手をしたのち、ノンフィクション作家として自立、恋愛事件を扱った『昭和史のおんな』などで知られ、九条護憲派の論客でもある。だが、最初の『妻たちの二・二六事件』は、クーデタを起こそうとした青年将校たちに、思想的には対蹠（たいせき）にあると言いつつ、共感しているところがある。このアンビヴァンレンツは、有馬に通じるものがある。有馬は、未だに伝記はなく、まともな年譜もあるかどうか怪しい。そして、有馬の伝記を書くべきなのは、澤地久枝ではないか、と思うのだが……。

＊参考文献
・「有馬家16代当主「家柄否定し、芸者と結婚。ガス自殺を図った直木賞作家の父」」『週刊朝日』二〇一四年八月一日号

加藤周一
Shuichi Kato

（一九一九－二〇〇八）

加藤周一は、晩年に近く、自分は「結婚を三回し、離婚を一度した。結婚制度は重んじているが、矛盾と無理もある。若い男女がロマンチックな出会いをして、結婚し、五〇年一緒に住み、最初と同じような愛情を保つのは非常に困難だと思う」と言っていた（『常識と非常識』）。

「結婚を三度、離婚を一度」なのは、死別があるからだ。

おおむね加藤の言う通りなのだが、フランスのアンドレ・モーロワは、若い頃はポリガマスなので多くの異性と関係をもち、その時期が過ぎたら結婚すればいいと言っていた。だがこれも、五十過ぎまでポリガマスな者もいるし、男では、若い頃はもてなかったのが、結婚して地位とカネができるともてるようになる者もいるし、まあ無理だろう。

加藤は、東大医学部卒でハンサム、文学・藝術も分かり『読書術』はベストセラーと、もてる要素は多である。年譜を見ると、一九四六年、二十七歳の時、最初の結婚をしている。相手は綾子といい、医師の娘でキリスト教系大学卒とある。和服を着て三つ指ついて来客に挨拶するような人だったが、一九六〇年ころ離婚したらしく、オーストリア生まれのヒルダ・シュタインメッツ（一九三三－八〇）と、ウィーン留学中の一九五二年に出会い、六二年にヴァンクーヴァーで婚姻届を出している。ヒルダには『ヴィーン風家庭料理』（雄鶏社、一九五八）という著作があるというが、国内のいかなる図書館でも発見できないのはどういうわけか。一九七二年、加藤五十三歳の年、ウィーンの孤児院から生まれたばかりの女児をもらい、ヒルダとの間の養女として、ソーニャと名づけたという。この名は加藤の弟子ソニア・アーンツェンからとったというが、アーンツェンはトロント大学教授を務めたカナダの日本文学研究者で、ブリティッシュ・コロンビア大学で加藤に教わり、『蜻蛉日記』や一休『狂雲集』の英訳をしている。

一方、一九七〇年代に入ると、矢島翠（みどり）（一九三二－二〇一一）への恋愛が始まり、翠への恋の詩が数多く書かれた。ヒルダとは七四年ころに離婚したというが、実際はヒルダが五十歳を前にして病死する八〇年まで続いていたと思う。

矢島翠は、東大英文科卒、共同通信社の記者で、海外特派員をしていた。加藤死去の際に妻だったのは矢島である。養女のソーニャは、ヒルダ亡きあと、ヒルダの妹スージーが養育し、ソーニャ・カトーを名のっている。

＊参考文献

・鷲巣力『「加藤周一」という生き方』筑摩選書、二〇一二
・山崎剛太郎・清水徹「加藤周一の肖像―青春から晩年まで」菅野昭正編『知の巨匠加藤周一』岩波書店、二〇一一
・『加藤周一講演集　3　常識と非常識』かもがわ出版、二〇〇三

豊田正子

Masako Toyoda

（一九二二－二〇一〇）

昭和十二年（一九三七）『綴方教室』という本が中央公論社から刊行されるや、たちまち話題になった。これは東京の小学校で綴方（作文）教育をおこなう教師（男）二人が編纂したもので、中には複数の生徒の作文が入っていたのだが、特に豊田正子という少女のものが注目を集め、正子は一躍有名人になり、高峰秀子主演で映画化もされた。

正子は成長したのち、やはり作家になったが、江馬修（一八八九－一九七五）と親しくなる。江馬は、本名を「なかし」と読むが、「しゅう」と読ませる。大正時代に、恋愛小説『受難者』でデビューしたが、ヨーロッパ行きをへて左翼文学者となり、戦中から戦後にかけて書いた、明治維新期の、郷里飛驒の民衆を描いた大河小説『山の民』で名をなし、共産中国で広く読まれ、一時は最も有名な日本の作家だった。

江馬と豊田が出会った昭和二十五年（一九五〇）には、江馬はもう六十一歳、豊田は二十八歳という年齢差だったが、二人は事実上夫婦として行動し、中国共産党に招かれて訪れたが、二人は文化大革命路線を礼讃し、豊田の名義で書かれた『不滅の延安』では、核実験まで賞賛している。

ところがその後、江馬の前に、天児直美（一九四二―　）という女が現れた。岡山の浄土真宗本願寺派の寺の娘で、弟が政治学者の天児慧である。国立音大在学中の昭和三十八年（一九六三）に江馬のところに来て、次第に親しくなり、ついに一九七二年、天児が江馬を豊田から奪うという事件が起こる。といっても、江馬は八十三歳、天児は三十歳と五十歳以上下で、豊田はちょうど五十歳である。

天児は、江馬が病気で入院したので付き添っていたのだが、豊田は、それは天児が隠したのだと思い込み、修羅になった。

江馬が死んだのはそれから三年後だった。最後は脳軟化症になり、暴れて天児を殴ったりして大変だった。天児の『炎の燃えつきる時　江馬修の生涯』を出した春秋社の編集者の西垣鼎はたぶんもう六十歳近く、天児を作家にしようと督励しているうち、恋仲になった。西垣にはすでに成長した子供が二人もいたが、天児と結婚する前に八八年、心筋梗塞で死んでしまう。天児は美作女子大学教員として音楽を教えていたが、退職して実家の寺を継いでいる。

＊参考文献

・豊田正子『花の別れ　田村秋子とわたし』未来社、一九八五
・同『プロレタリア文化大革命の新中国紀行　第1部（不滅の延安）』五同産業出版部、一九六七
・天児直美『炎の燃えつきる時　江馬修の生涯』春秋社、一九八五
・同『魔王の誘惑　江馬修とその周辺』春秋社、一九八九
・同『二度わらべ　老人看護奮戦記』影書房、一九九二

吉行淳之介
Junnosuke Yoshiyuki

（一九二四―九四）

天下のもて男、吉行淳之介である。父は昭和初期の新興藝術派の作家・吉行エイスケ、母は理髪師で、ＮＨＫの朝の連続テレビ小説にもなったあぐり。妹は女優の吉行和子と、詩人で芥川賞作家の吉行理恵。エイスケは早世したため、あぐりは淳之介が結婚した翌年、辻復と再婚した。エイスケもよそに作った子供があるような色男だったらしい。

淳之介は、静岡高等学校時代に敗戦を迎えるが、その頃、平林文枝と知り合い、肉体関係をもち、のち結婚する。一度娼婦を買って童貞を捨てようとしたがうまくいかず、童貞を捨てたのは妻相手だった。娼婦をちゃんと買ったのも結婚したあとである。

東大英文科を中退し、漫画雑誌の編集などをしながら小説を書いた。芥川賞を受賞したのは三十歳の時で、その時は肺結核で病院にいた。

「色男、金と力はなかりけり」という言葉がある。この言葉は、今では意味が分かりにくくなっているだろう。金があって力（腕力）がある男のほうがもてそうだからだ。だが、徳川時代の浄瑠璃などに描かれる色男は、金に困っていて、か弱くて、つつけば転ぶというので「つっころばし」などと呼ばれた。

金のある男に女は靡くが、それは男のよさが分からないダメな女で、金のない色男の、ただし顔のいいのを庇護するのがいい女だ、ということである。腕っぷしの強い男がもてる、というのは、歌舞伎の「助六」でもあるから、さして古い話ではない。石原裕次郎みたいなのは、昔ならまるでもてないタイプである。

吉行は、肺病を患った上、「病気のデパート」と言われるほど病がちで、中でもうつ病になって、白紙恐怖症に陥った。それでいて、具合のいい時は座談の名手で、だいたい吉行と丸谷才一が揃うと、座談はにぎやかに、湿っぽくなく、猥談を含んで盛り上がった。

吉行の終生の愛人だったのが、歌手・女優の宮城まり子である。二人が知り合ったのは、芥川賞受賞後の昭和三十二年（一九五七）に、雑誌で鼎談した時である。宮城は吉行の三つ下で、当時人気絶頂だった。妻の文枝は、吉行を「おにいちゃん」と呼んでいた。吉行はわりと妻に知れるように浮気をしていたようである。だが宮城との関係は深く、妻は宮城のレコードを粉々にし、一晩中無言電話を掛けた。文枝は精神科に入院し、二年後、吉行は妻と娘と別居し、宮城と生活し始めた。宮城は、のちにねむの木学園を始めた。吉行は本当は宮城と結婚したかったようだが、妻が離婚を承知しなかった。

吉行が目ざしたのは、父の知人でもあった川端康成の世界だろう。私小説が幻想的に変わっていく作風は、川端をまねたものであり、「奇妙な味の小説」などは、「掌の小説」を目ざしたものだ。だが残念ながら、川端の天才には遠く及ばなかった。

話題となった「闇のなかの祝祭」は、誕生日に二人の女からともに花束が届いて男が恐怖を感じるという話である。誰もが私小説で、文枝と宮城からだと思うだろうが、文枝の『淳之介の背中』によるとフィクションで、文枝は文句を言ったという。当時『週刊新潮』が記事にした。

ほかに『暗室』(一九七〇)があるが、これは銀座のクラブで知った高山勝美(作中では多加子)、大塚英子(夏枝)という二人の女との関係を描いて、二人はともに吉行についての著作をなしている。大塚によれば、吉行が死んだ時、二十八年のつきあいだったというから、一九六六年からということになる。高山勝美は、昭和三十三年(一九五八)からの関係で、一九七〇年に結婚し、翌年吉行の子を産んだとされている。小説も発表していたようだが、正体は不明である。

『夕暮まで』（一九七八）も、わりあい時間をかけて書き、話題になった作だが、そのわりには薄く、さして面白くはない。

広津和郎なら、X子事件のように、女がストーカーと化す面白さがあるが、吉行の女関係も、それを描いた小説も、大して面白くない。かといって「もてやがって」と嫉妬するほどでもない。むしろ、もてるということはこんなにつまらないことなのか、と索然たる思いにとらわれる。吉行について女たちや男たちが書いた文章も、どこまで行ってもつるつるしていて、これは、という逸話がない。三島の言う「炭取り」が回らない。

しかし今はともかく、世間には吉行ファンというのがいて、私の友人にもいたし、関根英二のように、吉行好きだったことを反省する博士論文を書く人もいる。

一九八三年に、中上健次が谷崎潤一郎賞をとれなかった時、江藤淳は選考委員の吉行を「文壇の人事担当常務」と批判したが、吉行は中上に一晩、なぜ谷崎賞がとれないか話したそうで、中上は江藤に、吉行さんは、違うんだ、と言ったという（なお「人事部長」と書く人が多いが、江藤が書いたのは「人事担当常務」である）。

吉行を直接知っていた人の回想録はやたら多く、みなが吉行に惚れこんでいる。もしかしたら、実際に会ったほうが面白い人なのかもしれないが、読むだけだと、面白くはない。

エロティックなことを書く作家と思われているが、読むとちっともエロティックではない。西鶴の現代語訳などしていたが、西鶴もまたエロティックではない。少し前に、「春画」展が話題になったが、私は十数年前に春画をある程度見て、ほどなく飽きた。吉行にはこれに似た、人が面白いと思い込んでいるようなところがある。

吉行には麻子という娘がいたが、どうしているのか分からない。

＊参考文献
・大塚英子『「暗室」のなかで　吉行淳之介と私が隠れた深い穴』河出書房新社、一九九五　のち文庫
・同『「暗室」日記』河出書房新社、一九九八
・同『「暗室」のなかの吉行淳之介　通う男と待つ女が織り成す極上の人生機微と二人の真実』日本文芸社、二〇〇四
・高山勝美『特別な他人』中央公論社、一九九六
・吉行和子『兄・淳之介と私』潮出版社、一九九五
・宮城まり子『淳之介さんのこと』文藝春秋、二〇〇一　のち文庫

・吉行文枝『淳之介の背中』港の人、二〇〇四
・佐藤嘉尚『人を惚れさせる男　吉行淳之介伝』新潮社、二〇〇九

安部公房
Kobo Abe

（一九二四－九三）

安部公房は、晩年、もう若い人は安部公房なんか知らないよと自嘲していたようだが、没後二十四年たっても、なお文庫などで読まれているのは、ＳＦファンが読んでいるのだろうか。

安部は、私小説は絶対書かないと言っていたようでもあるが、最初の『終りし道の標べに』は、満洲で育った体験をもとにした一種の私小説である。それより何より、代表作『砂の女』（一九六二）は、あまり言われないが、結婚の比喩でしかなく、れっきとした変形私小説だと近ごろ思うようになった。もしかしたらみなそう思っていて、だがそれを言うと安部夫人が気の毒だからあまり言わずにいたのだろう。

安部夫人は舞台美術家・画家の安部真知である。安部は演劇もやっていて、「安部公房スタジオ」を持っていた。安部の戯曲は、不条理演劇で、大して面白くはない。そこで真知を知って結婚したが、山口果林（一九四七‐　）を、桐朋学園短大で教え、女優としてのデビュー以後、二十年にわたって愛人としていた。

安部が死んだ時、果林のところで死んだと週刊誌に書かれたりしたが、のち山口が『安部公房とわたし』（二〇一三）でこのことを明らかにした。安部の妻真知は、安部の死のあとすぐ死んでしまう。今は娘の真能ねりがいて『安部公房伝』（安部ねり）などを書いたが、もちろん山口果林のことは出てこない。

三島由紀夫
Yukio Mishima

(一九二五―七〇)

三島由紀夫は同性愛者として知られるが、実際には結婚もして子供もいるし、女性の恋人がいたこともあり、バイセクシャルであろう。

十九、二十歳のころに、友人の妹の三谷邦子という恋人がいて、恋文ももらっているが、三谷はほどなく十歳ほど年長の男と結婚した。そのあと佐々悌子(さつさていこ)という恋人らしいのがいたが、三島は大蔵省を辞め、たちまち流行作家となる。戦後すぐから川端康成に師事していたが、川端の養女の政子は美人だったから、川端夫人に結婚を打診したことがあったが、夫人は双方のためにならないと思い、知らないふりをした。これは昭和二十七年(一九五二)六月のことである。

だが昭和二十九年(一九五四)からちょうど三年、三島に女の恋人がいたことは、岩下尚史(ひさふみ)の『ヒタメン』に詳しく書かれている。赤坂の料亭・若林の娘で、旧姓名を豊田貞子といい、昭和七年生まれ、六代目中村歌右衛門と親しく、のち慶應出の男と結婚したという。岩下は、いかに三島が人気作家でも、赤坂や歌舞伎界では、一流の客は実業家、政治家であって、文士など問題にもならない存在だったと辛辣な評をしている。

その貞子と別れて一年ほどした昭和三十三年（一九五八）、三島は画家・杉山寧（やすし）の娘・瑤子（ようこ）と、川端夫妻の媒酌で結婚し、一男一女を儲けた。

三島との同性愛体験を克明に記したのが福島次郎（一九三〇–二〇〇六）の『三島由紀夫　剣と寒紅』（一九九八）である。しかし三島遺族は、三島の書簡を無断で使用としたとして著作権法違反で提訴して勝った。本当は同性愛のほうを問題にしたのだが、死者のプライバシー権はないため、著作権で争ったのである。

私の方から三島さんの体を強く抱きしめ、その首すじに、激しいキスをしゃぶりつくようにしたのだった。
三島さんは、身悶えし、小さな声で、私の耳元にささやいた。
「ぼく……幸せ……」
歓びに濡れそぼった、甘え切った優しい声だった。今まで聞いてきた三島さんの声音とはあまりに違う。（『剣と寒紅』）

村松剛（たけし）など、三島と近かった評論家の三島伝は、だいたい同性愛を否定している。しかし三島は、『仮面の告白』を出した時、これはほぼ私小説だと、精神科医の式場（しきば）隆三郎あての手紙に書いている。しかし式場がこれにどう返事したのか、その後の三島と式場の関係が変なのは、「サド侯爵夫人」「夜の向日葵（ひまわり）」など、三島の戯曲の題名は、式場の著作の題名からとられているからだ。

三島の最後の恋人だったのは、自決の介錯をした森田必勝だろうが、ほかの相手としては、深沢七郎も噂にのぼっている。深沢はれっきとした同性愛者で、右翼テロを引き起こした「風流夢譚」は、三島が強く推薦したので載ったといい、テロのあと、三島は怯えて逃げ隠れしていたという。

三島は少年のころからの歌舞伎好きで、観劇しては克明なノートをつけていたが、歌舞伎の世界は男色が多い。そして男の歌舞伎評論家にも同性愛趣味が多く、私などは、ついに歌舞伎に深入りできなかったのは、同性愛趣味がないからではないかと最近は思っている。三島は、六代目中村歌右衛門と関係があったのではないかとも言われる。歌右衛門がモデルだとされる『女方』（一九五七）は、その男色関係を描いている。だが、早すぎる晩年において三島は、歌舞伎の女形を化け物のように言うようになる。

井上光晴
Mitsuharu Inoue

（一九二六－九二）

井上光晴は、名は知られているが、無冠の作家である。『地の群れ』で芥川賞候補になった時、もう新人ではなく、長編であるという理由ではずされたが、その後もたくさん書いたのに賞とは無縁だった。辞退していた可能性もないではないが、そのかわり、長女の井上荒野は、直木賞以後、いくつも賞をとっている。

その井上は、八年間、瀬戸内晴美（一九二二－　）と不倫関係にあったという。井上荒野が『小説トリッパー』に「あちらにいる鬼」の連載を始めたが、それが光晴と瀬戸内の不倫を扱っていた。すると瀬戸内寂聴が「東京新聞」二〇一七年二月十五日夕刊の不定期連載「縁のゆくえ、今」でそのことを認めたのである。

瀬戸内は井上の四つ年上である。徳島に生まれ、東京女子大を出るという当時として最高の教育を受けたが、昭和十八年（一九四三）、地元で見合い結婚し、娘を儲けた。だがその後、夫の教え子との恋愛でかけおちして上京した。この男との関係は、断続的に、井上と出会った昭和四〇年（一九六五）まで続いたというが、その間、同人誌仲間の、やはり妻ある作家・小田仁二郎（じんじろう）（一九一〇-七九）と不倫関係になり、あちこち二人で出かけたという。小田との関係は昭和三十四年（一九五九）くらいまで続き、そのあとまた最初の男に戻ったらしい。のち瀬戸内はこの頃のことを「夏の終り」に書くのだが、この経緯を知らないと分かりにくい。

一九六五年といえば、瀬戸内が四十三、井上が三十九である。瀬戸内は『かの子撩乱』『美は乱調にあり』などのほか多作の人気作家である。井上も、作品集が出る、左翼作家としては売れた作家であった。共通しているのは、この時期、二人とも文学賞と無縁だったということだ。

そして一九七三年、瀬戸内は井上との関係を清算し、今東光（こんとうこう）（法名・春聴（しゅんちょう））を導師として出家し、寂聴と名のる。自民党の参議院議員でもある東光を選んだのは、井上から遠く離れるためであったか。

第六章

昭和初期生まれ

澁澤龍彥
Tatsuhiko Shibusawa

（一九二八―八七）

澁澤龍彥は「渋沢竜彦」などと書いてはいけないことになっている、不思議な人である。これは渋沢栄一の遠縁に当たる。本名は龍雄。いつも黒メガネをかけていたから、素顔は余り知られていない。東大仏文科を出て、サドの翻訳をして、わいせつ物として告訴され、文化人たちが支援した。

あとは『黒魔術の手帖』みたいな、西洋裏世界おもしろ話のエッセイストであり、小説も書き、『唐草物語』で泉鏡花賞、遺作『高丘親王航海記』で読売文学賞を受けている。だが評価は分かれる。浅田彰は批判していたし、蓮實（はすみ）重彦も評価はしないだろう。サドというのも、昔は秩序への挑戦者のように思われていたが、要するに単なる嗜虐者の異常者が小説を書いたというに過ぎない。

大学生の頃、澁澤の最初の妻が矢川澄子（一九三〇―二〇〇二）だったと知った時、私はちょっとくらくらした。矢川澄子は、教育学者・矢川徳光の娘で、ファンタジー評論家、翻訳家として、あこがれていたからである。ファンタジーの矢川澄子と、サドの澁澤という組み合わせには、何だかサディストが少女を妻にしているような淫靡さすら感じた。

マリオ・プラーツの『肉体と死と悪魔』という有名な著作がある。プラーツはイタリアの美術史家で、ヴィスコンティの『家族の肖像』の老教授のモデルとされ、『肉体と死と悪魔』は英訳『ロマンティック・アゴニー』の題でも知られる。この著は澁澤のネタ本とまで言われたが、これの翻訳が倉智恒夫らによって国書刊行会から刊行されたあとの一九八七年春、私は大学院の先輩に当たる倉智氏の講演を八王子セミナーハウスで聴いたのだが、どうも白水社など他三社でも翻訳が進んでいたのに出てしまったから訴訟になっているなどと言う話もあり、さっそく褒めてくれた磯田光一さんが亡くなってしまい、澁澤さんも具合が悪いそうで、と倉智氏は、「呪われた書物」であることを仄めかしたのだが、その夏、本当に澁澤も死んでしまった。

矢川と結婚したのは昭和三十四年（一九五九）で、別れたのは四十三年（一九六八）である。そのあと、澁澤は龍子という、妙に名前の似た女と結婚した。新聞の訃報で喪主の名前を見て驚いた。澁澤と矢川の離婚には、詩人・加藤郁乎との不倫があったと、加藤の

『後方見聞録』にある。松山俊太郎も、矢川が好きだったようだ。

矢川は一九九五年のエッセイ『おにいちゃん　回想の澁澤龍彥』で、澁澤が矢川に三、四回の妊娠中絶をさせていたことを明らかにした。ひどい、サドはしゃれではなくサドだった、というので密かに澁澤の株は下がった。一九九七年二月号『正論』の、矢川、池田香代子、山下悦子の鼎談「没後10年・素顔の澁澤龍彥　架空の庭のおにいちゃん」でそのことが語られているのだが、山下が男の横暴を糾弾しようとしても、矢川はもうずっと澁澤に惚れていると言っている。始末におえない。

矢川ははじめドイツ語、のち英語も訳したが、ファンタジー系の児童文学や、エンデ、ギャリコなど売れるものを多量に訳したから、カネはかなりあったはずだ。だがさらにのち、矢川は自殺した。それは、河出書房新社で出すことになっていた澁澤の本の年譜から、自分のことが抜けているのを知ったからだと言われている。矢川は澁澤を「おにいちゃん」と呼んでいたが、これは吉行淳之介の妻と同じだ。そして矢川は、死ぬまで澁澤が好きだったのだ。

開高健
Takeshi Kaiko

（一九三〇―八九）


開高健が満五十八歳で死んだ五年後、娘でエッセイストの開高道子は、四十二歳で、東海道線茅ケ崎あたりで鉄道自殺を遂げた。

開高の親友だった国文学者の谷沢(たにざわ)永一は『回想開高健』でその内幕を明らかにしている。谷沢は関西大学卒、同教授、開高は大阪市立大学卒で、同人誌『えんぴつ』の仲間だった。この同人誌に入ってきたのが、詩人の牧羊子（一九二三―二〇〇〇）で、本名は初子、のち開高の妻となるが、これが悪妻だったという。開高は妻を恐れてうつ病になり、『オーパ！』で知られる南米などの釣りの旅に出る飛行機が離陸すると、うつが治ったという。

牧は開高の七つ年上だが、才能のある開高を狙って、二十一歳で童貞の開高を性関係に持ち込み、妊娠して開高をとらえた、というのが谷沢の説である。『回想開高健』が出たのは一九九二年、道子の自殺はその二年後なので、遠因になった可能性もなくはないが、これは分からない。

牧がどう悪妻だったかといっても、がんであることを開高には秘していたのに言ってしまうとか、開高没後のテレビ番組の収録で自分が主役になろうとしたとか、わりあいたわいがない。

つまり谷沢は開高を苦しめた悪妻として牧を憎んでいたわけだが、一九八三年の『別冊文藝春秋』に谷沢の「ガンバレ、ガンバレ、牧羊子」というエッセイが載っており、これは『年間ベスト・エッセイ集 午後おそい客』に入っている。これはしかし、別に牧を応援するエッセイではなく、開高と牧が初めて結ばれた日づけを確定して、彼らの同人誌『えんぴつ』の解散でうちあげ式をしたあと、開高と牧が姿を消したので、みなで、今日こそ牧は開高をものにするぞと言い、「ガンバレ、ガンバレ、牧羊子」と叫んだというなかなか品のないエッセイである。

開高はこの時のことを『耳の物語』に書いている。さてほどなく牧が妊娠し、開高の母が谷沢に相談に来た。だがどうしようもないと思った谷沢は、母親を怒らせて、開高らが結婚するに任せた。それから二十二年後、開高の母を谷沢が訪ねると、初っちゃん(はつ)やったからタケシの女房が務まったんですわとしみじみ言いつつ、なんであの子の書くものはあんなすけべえなんでっしゃろ、と言った、というところで終わっている。

＊参考文献

・谷沢永一『回想開高健』新潮社、一九九二　のちＰＨＰ文庫

高橋和巳
Kazumi Takahashi

（一九三一－七一）

高橋和巳は、全共闘世代のチャンピオン的な作家であった。だが、私が高校生の頃（一九七八－八一）には、教師が高橋和巳の名を出しても、生徒らは、知らないと言った。この生徒たちは露悪的傾向があったから、知っていても知らないと言ったかもしれない。

高橋は、京大で吉川幸次郎に学んだ中国文学者だったが、石原慎太郎が「太陽の季節」で文學界新人賞を受賞した時に応募して落選している。それから七年後の一九六二年に、長編『悲の器（うつわ）』で文藝賞を受賞してデビュー、それから死ぬまでの九年間に、矢継ぎ早に『邪宗門』などの小説や評論、エッセイを発表した。高橋の小説はすべて『文藝』掲載で、高橋は文藝賞以後、ひとつも文学賞は受賞しなかった。

妻は先ごろ没した高橋たか子で、たか子は京大仏文科卒、たか子は女性蔑視的な京都を嫌って夫婦は鎌倉に住んだが、和巳に京大助教授の口が来て、一人で赴任した。学生運動が燃え盛ると、高橋は学生らを支持し、そのため左翼学生のヒーローになる。京大の先輩である梅原猛（一九二五‐　）と同期の小松左京（一九三一‐二〇一一）で呑んでいて、「小松も梅原さんもずるい」と高橋が荒れだし、梅原は先に逃げ出したが、小松はさんざんに罵倒された、と梅原が書いている（『学問のすすめ』）。

高橋は、京都に愛人がいたらしく、『舞台をまわす、舞台がまわる‐山崎正和オーラルヒストリー』によると、一九六四年ころ、山崎と高橋と河出書房の寺田博で呑んでいて高橋が荒れ（酒乱だったらしい）、「自殺する」とわめいているので、寺田と山崎が肩を抱いてホテルまで連れて行き、寺田の上司の坂本一亀（かずき）が、高橋の女と話をつけて処理した、とあり、六六年に早稲田短歌会で山崎と高橋が話をした時、高橋は開口一番「実は今朝、女のところで揉めておりまして、何も頭が働きません」と言ったという。この講演は「堕落の二重性」と題され活字になっているが、この部分はないという。

高橋はがんのため四十歳で死ぬのだが、この酒乱ぶりでは、いずれにせよ長くは生きられなかっただろう。その後、妻のたか子は『高橋和巳の思い出』を出し、高橋は家では「自閉症の狂人」だったと書いた。「自閉症」は、脳機能障害の病気だから現在では誤用である。

たか子はその後自身が小説を書き始め、カトリックに入り、鎌倉に住んでいたが、翻訳家の鈴木晶(しょう)がその弟子として半ば同居していたことが、没後分かった。

＊参考文献

・川西政明『評伝高橋和巳』講談社、一九八一　のち文芸文庫

江藤淳

Jun Eto

（一九三二―一九九九）

江藤淳は、本名・江頭淳夫、祖父は二人とも海軍の将官であった。早くに母を亡くし、継母に育てられたが、凡庸な銀行員の父を軽蔑していた節がある。顔だちはむしろぶ男と言うべきで、背丈も低かったが、文学や音楽の才能があり、弁舌も巧みだった。湘南中学（現高校）で石原慎太郎を知ったがのち日比谷高校へ移る。しかし肺結核で病臥し、東大を受けたが落ちて慶大英文科へ行った。一年生で同じクラスだったのが、関東州長官だった三浦直彦の娘・慶子で、長身で知的な美人だった。慶子は仏文科へ進むが、江藤はたちまち恋仲になり、大学院へ進むとほどなく結婚する。

子供はできなかったが、おしどり夫婦とも思われ、都合四代の犬を飼い、江藤の犬エッセイには「江藤慶子」の名で妻のイラストがついたりしていた。

慶子はしかしがんのため六十六歳で死去し、江藤は『妻と私』を書いてベストセラーになるが、脳梗塞の発作に襲われ、夏の雷が鳴った日に「慶子のところへ行きます」と遺書を残して自殺した。

愛妻美談にしたてあげられた観があったが、江藤には藝者の愛人がいたこともあり、自分の原稿料を二等分して自分と愛人の口座に分けて振り込むよう依頼したこともあるという。江藤は、昭和戦前の生活にあこがれていたから、柳橋の老舗料亭亀清楼（かめせいろう）に出入りしたり、愛人も藝者にしたのか。

生島治郎
Jiro Ikushima

（一九三三―二〇〇三）

生島治郎は、直木賞受賞のハードボイルド作家だが、本名は小泉太郎である。最初の妻は小泉喜美子（一九三四‐八五）で、高卒後、早川書房に勤めていて生島と知り合った。旧姓は杉山である。喜美子も小説を書いていたが、生島は、一家に二人作家がいるのは良くないと言って執筆を禁じた。だが喜美子はひそかに文藝春秋のコンテストに応募して受賞は逸したが本にしてくれた。これが『弁護側の証人』（一九六三）である。だがその後二人はうまくいかなくなって別れた。喜美子は小説や翻訳を書き続けたが、五十一歳で、酒場で階段から落ちて頭を打ち、死んだ。

喜美子が死ぬ前年に生島が出したのが『片翼だけの天使』である。韓国籍の娼婦に生島が惚れこんで結婚するまでの私小説である。生島は五十一歳になっていた。世間では純愛物語として話題になり、ベストセラーになり、映画化もされた（二谷英明、秋野暢子、舛田利雄監督、一九八六)。

だが、その続編作によれば、フィリピン人妻の家族たちとの間で生島はひどい目にあい、ついには別れることになった。一九九九年に出た『暗雲　さようならそしてこんにちは「片翼だけの天使」』がシリーズ最終巻となった。文庫化に際しては『天使と悪魔のあいださようならそしてこんにちは「片翼だけの天使」』と改題されている。『片翼だけの天使』が話題になったわりに、これらのことは世間では話題にもならず、生島は二〇〇三年にひっそりと死んだ。

＊参考文献
・生島治郎『浪漫疾風録』講談社、一九九三　のち文庫
・同『星になれるか　浪漫疾風録第二部』講談社、一九九四　のち文庫

池田満寿夫
Masuo Ikeda

（一九三四－九七）

池田満寿夫は、版画家として世界的に知られ、小説でも芥川賞をとり、これを自身で映画化、ついで「窓からローマが見える」を映画化した。「窓からローマが見える」は、主演の中山貴美子の半裸姿のしゃれたポスターに、「わたしを見て、わたしに触って」というキャッチコピーで当時よく知られたが、批評家や知識人からはバカにされた。私は数年前にビデオで観て、それほどひどくないじゃないかと思った。

芥川賞受賞で前より知られるようになった池田は、当時人気のあったヴァイオリニストの佐藤陽子（一九四九－　）と不倫騒動を起こした。佐藤は外交官の岡本行夫の妻だった。世間からは非難も浴びたが、当時の雰囲気として応援する声も多く、最終的には佐藤と一緒になり、最後まで「夫婦」であった。

だが、池田と佐藤は入籍はしなかったらしい。著作権継承者は、佐藤を代表とする財団になっており、著名な画家の場合、そうしないと贈与税で破産してしまうから当然なのだが、池田の最初の結婚が、まだ離婚できていなかったのである。

最後の恋人となった台湾出身の画家・池依依（チーイーイー）の『池田満寿夫、もうひとつの愛』に、

「最初の妻は、もう七十歳に手が届く。もうずっと会ってもいない。それはそれで……」

彼は本当にごく稀にぽつりとこぼすように言う。

「心苦しい。でも、事情があって……」

複雑な人間関係が彼の周りにはあった。


とある。「四十年間離婚を拒み続けてきた」（佐藤陽子『MASUO MY LOVE』）という。

年譜によると、池田は十九歳の時、十二歳年上の下宿の娘と婚姻届を出している。だが二十七歳の時、詩人としてH氏賞をとったばかりの富岡多恵子（一九三五-　）と同棲する。富岡も今では藝術院会員で詩壇の重鎮だが、若い頃はかわいかったらしい。

池依依（一九六二-　）との関係は、一九九二年頃かららしいが、最後に倒れたのは、

佐藤が帰宅した時だったようだ。

＊参考文献
・池依依『池田満寿夫、もうひとつの愛』河出書房新社、一九九八
・佐藤陽子『MASUO MY LOVE』KSS、一九九八

あとがき

かつて、ミッテランがフランスの大統領だった時、愛人がいるのが分かり、記者がそれについて質問したら、「それが何か?」と言ったという話はよく知られている。渡辺淳一など、それで『エ・アロール　それがどうしたの』という本を出している。もう十五年くらい前になるが、さる私大で、これを論じた『フランスには、なぜ恋愛スキャンダルがないのか?』という本を学生に読ませたら、日本もフランスのようになればいいのに、というレポートを書いてきた女子学生がいたから、「じゃあミッテランの奥さんは?」と訊いたら、あわてたのか「ひ、一人になって生きればいいと思います」などと答えていた。

その当時は、そういう時代でもあった。フェミニズムから、女の解放ときて、やたらと自由なのがいいと思われていたのだ。もっとも、七〇年代にもそういう雰囲気はあった。子供が小さかったらとか、そういうことは考えなかった。

今は大変である。親がいつまでも生きていて、介護が必要になったりすると、頼みの綱は妻である。昔なら姉や妹がいたが、今は子供が少ない。浮気は若いころか、親きょうだいが元気でいてこその話になってしまった。

著者略歴

小谷野敦
こやの・あつし

一九六二年茨城県生まれ、埼玉県育ち。東京大学文学部英文学科卒業、
同大学院比較文学比較文化専攻博士課程修了、学術博士（比較文学）。

大阪大学言語文化部助教授、国際日本文化研究センター客員助教授などを経て、文筆業。

『もてない男』（ちくま新書）、『聖母のいない国』（青土社、河出文庫、サントリー学芸賞受賞）、

『谷崎潤一郎伝』『川端康成伝』（ともに中央公論新社）、

『江藤淳と大江健三郎』（筑摩書房）など著書多数。

小説に『母子寮前』（文藝春秋、芥川賞候補）、『悲望』（小社）、

『童貞放浪記』（小社、二〇〇九年映画化）、『中島敦殺人事件』（論創社）がある。

幻冬舎新書 465

文豪の女遍歴

二〇一七年 九 月三十日 第一刷発行
二〇一七年十一月三十日 第二刷発行

著者 小谷野 敦
発行人 見城 徹
編集人 志儀保博

発行所 株式会社 幻冬舎
〒一五一―〇〇五一 東京都渋谷区千駄ヶ谷四―九―七
電話 〇三―五四一一―六二一一(編集)
〇三―五四一一―六二二二(営業)
振替 〇〇一二〇―八―七六七六四三

ブックデザイン 鈴木成一デザイン室

印刷・製本所 株式会社 光邦

Printed in Japan ISBN978-4-344-98466-0 C0295
こ-6-7

幻冬舎ホームページアドレス http://www.gentosha.co.jp/
*この本に関するご意見・ご感想をメールでお寄せいただく場合は、comment@gentosha.co.jp まで。

中川右介
現代の名演奏家50
クラシック音楽の天才・奇才・異才

非凡な才能を持つ音楽家同士の交流は深く激しい。帝王カラヤンと天才少女ムター、グリモーとアルゲリッチ、バーンスタインとスカラ座の女王カラス……。170人の音楽家が絡み合う50の数奇な物語。

黒鉄ヒロシ
もののふ日本論
明治のココロが日本を救う

幕末・明治の日本は、白人の価値観で世界を蹂躙しようとする欧米列強に屈せず、「士(もののふ)」精神と和魂洋才の知恵で維新を成し遂げた。日本人よ今こそ明治の精神に学べ。歴史漫画の鬼才による渾身の日本論。

原田マハ
モネのあしあと
私の印象派鑑賞術

印象派の巨匠・モネの人生と印象派の潮流を徹底解説。風景の一部を切り取る構図、筆跡を残す描き方、モチーフの極端な抽象化は、実は日本美術の影響を受けている。豪華な図版多数収載。

山本晋也
風俗という病い

人間の性欲ほど多様で面白いものはない。約半世紀、夜の街を歩き続けた著者が、「風俗大国」ニッポンのエロを丹念にリポート。果てることなき男女の欲情をとことんまで覗き見た一冊。

幻冬舎新書

中川右介
月9（げつく）
101のラブストーリー

男女の華やかな恋愛物語を徹底化させたトレンディドラマで日本を席巻した「月9」。『東ラブ』『ロンバケ』『101回目のプロポーズ』……絶頂期の39作品を中心に、連ドラの頂点に至る軌跡をたどる。

野瀬泰申
文学ご馳走帖

志賀直哉『小僧の神様』で小僧たちが食べた「すし」とは？　夏目漱石『三四郎』が描く駅弁の中身とは？……文学作品を手がかりに、日本人の食文化がどう変遷を遂げてきたかを浮き彫りにする。

下川耿史
エロティック日本史
古代から昭和まで、ふしだらな35話

国が生まれたのは神様の性交の結果で、奈良時代の女帝は秘具を詰まらせて崩御、日露戦争では官製エロ写真が配られた。――エッチでどこかユーモラス、性の逸話から読み解くニッポンの通史。

奥田祥子
男という名の絶望
病としての夫・父・息子

凄まじい勢いで変化する社会において、男たちは絶望の淵に立たされている。リストラ、妻の不貞、実母の介護、DV被害……そんな問題に直面した現状を克服するための処方箋を提案する最新ルポ。